交换礼物

徐瑞莲 

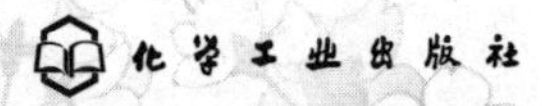

·北京·

图书在版编目（CIP）数据

交换礼物/徐瑞莲著．—北京：化学工业出版社，2018.10

（励志校园成长小说）

ISBN 978-7-122-33036-9

Ⅰ．①交… Ⅱ．①徐… Ⅲ．①中篇小说－中国－当代 Ⅳ．①I247.5

中国版本图书馆CIP数据核字（2018）第212939号

北京市版权局著作权合同登记号：01-2018-6734

责任编辑：李雅宁　　文字编辑：李　曦
责任校对：边　涛　　封面设计：关　飞

出版发行：化学工业出版社
（北京市东城区青年湖南街13号　邮政编码100011）
印　　装：大厂聚鑫印刷有限责任公司
880mm×1230mm　1/32　印张5　2018年11月北京第1版第1次印刷

购书咨询：010-64518888
售后服务：010-64518899
网　　址：http://www.cip.com.cn
凡购买本书，如有缺损质量问题，本社销售中心负责调换。

定　　价：19.80元

序

每写一本小说，就好像经历生命中的一段历程，那些故事像是电影画面一样在脑海中划过。关在一个房子里，拥抱着一个小小的世界，编织着一段段的情节内容，希望把想象的过程分享给更多读者。

这篇故事跟我生活上的某些经历有点雷同，我也有这么一个朋友，差别只在于是喜剧而不是悲剧。

我和一个远方的朋友，分别的时间远超过我们相聚的光阴，但，一直到现在还是维持着很好的友谊；甚至觉得她是我少有的知己，是我最想分享心情的对象。我们总是有着共同的观点跟想法，常有心有灵犀一点通的感觉。

于是我把某部分的影子，放在这个故事的内容中，希望和读者分享，那种珍贵的友谊是人生很重要的一部分。

人与人的相逢是一种缘分，我们不知道什么时候会到哪个地方、碰到什么样的人，这都不是我们所能预期的。那些人来来去

去，唯有真正的好友才能留驻长长久久。

也许你们不是天天碰面，但他却是你心灵最好的伙伴。毕竟彼此有过共同的回忆和一起成长的经历，让这份感情得以持之永恒。我们怎能不更加珍惜这份难得的情谊，重视这些懂得我们的人呢？

真正的朋友了解你，不会故意去伤害你，更不会处心积虑想要利用你。真正的朋友会赞美你、欣赏你，就算有时吵架也很快就会和好，因为你正是他们很重视的人呀！

不管是短暂的相聚亦或不得已的分别，那些珍贵的友谊还是会永远长存，给我们生命中带来许多难忘的回忆。

珍惜那些你所遇到的好朋友，更要珍惜当下相处的时光，才不会辜负上天赐给我们这段美好的缘分。

是不是你也有着这样的好友——当你有心事第一个就想分享的对象？那么，赶快让对方知道你真的很喜欢、很喜欢他，也多花点时间跟真正的好友在一起吧！那会比什么都值得。

目录

第一章 意外的惊喜

梦梦端了一碗绿豆汤到客厅，望着桌上一堆层层叠叠的纸张，根本找不到可以放的地方，索性就压在了纸上面。

才一坐定，便听到妈妈的声音从厨房那边传来："梦梦，你看到妈妈桌上那张抽奖券没有？"

梦梦朝桌上望去，满满的都是妈妈剪下的纸片，看得她头都晕了，哪知道她说的是什么，只好含混地应了一句："没有呀——"。

她的话还没说完，妈妈已经十万火急地从厨房里冲出来，手上还拿了张被剪破的报纸，大呼小叫："哎呀……你这丫头！你怎么可以把碗摆在上面。"

梦梦连一口汤都没喝到，碗便被妈妈端走了。

"妈！我还没喝呢……"梦梦拿着汤匙的手还停在半空中。

“喝什么喝？这件事情比较重要……”妈妈一看到桌上被沾湿的纸，好像心被挖掉了一块。

“你看看你，把我的抽奖券、优惠券弄成什么样子了！”

“妈，这些不过是一堆垃圾嘛！”

“什么垃圾！这可是妈妈好不容易收集来的，买东西时可以省下不少钱，还可以参加抽奖。”

妈妈疼惜地用干抹布一张张仔细擦拭，好像对待什么心肝宝贝一样。

梦梦一脸无奈地说：“哎呀！妈，你收集了这么多奖券，最大的奖只是抽到过一台洗脚机，还没用几次就坏了。”

梦梦故意泄她的气。

“你知道什么！那不是洗脚机，是泡脚用的。”

妈妈不以为然，依旧兴致高涨地说：“你怎么知道下一次不是冰箱、液晶电视？你看、你看这张报纸上写着大溪地假期，妈妈也去参加抽奖了，搞不好呀……呵呵！”

看妈妈笑得眼睛都眯成一条缝了，梦梦忍不住翻了个白眼，把报纸扔到一边，连看都懒得看一眼，心里只觉得妈妈还真会做白日梦，会抽到奖才见鬼呢！以妈妈那种手气——能抽到消费抵用券跟那些环保袋就足以偷笑了！

妈妈忽然会对奖券起了这么大的兴趣，也不过是这一两年的事……

起初是妈妈陪着阿姨们到百货公司，拿着一位阿姨送给她的一张奖券，“不小心”抽中了一把雨伞，让她开心透顶。阿姨们却什么都没中，更让她自豪了老半天。

虽然那把伞只用不到两个月就坏了，妈妈还是宝贝得不得了。每次出门都要带着，还说省下了不少钱。后来，还是爸爸看不下去，怕雨下太大时妈妈会被淋湿，特地花了几十元去修好它。

这哪有省到什么呀？

梦梦很怀疑妈妈不过是喜欢贪点小便宜而已，那些赠品或是好不容易抽中的奖品，没用几次就坏了，根本不值得花这么多心思在上头嘛！但偏偏妈妈就爱这样。

看到妈妈这样疯狂的行为，梦梦忍不住摇摇头，但却不敢在妈妈面前直接表现出来。否则，她可以想象出来，妈妈又要像之前一样叨念个没完，什么不懂得她操持这个家的辛苦啦！不知道省一块钱就是赚一块钱啦……，听得梦梦耳朵都快长茧了。

她才几岁，怎么会懂得这些！印象中只觉得妈妈真是一个“怪怪的妈妈”，包括之前的收集邮票、在阳台种菜等等，最后还不是无疾而终。

反正梦梦也管不了妈妈的这些“兴趣”，干脆眼见心不烦为好。

当她正要端起被妈妈放在椅子上的绿豆汤时，正巧爸爸下班回来了。

“在找什么，这么热闹呀？”爸爸今天看起来心情挺好的。

看见爸爸回来，梦梦连忙转身奔向爸爸，连声抱怨说：“爸，你看妈妈啦！”

只见妈妈披头散发地蹲在地上翻找着纸片，嘴里还

喃喃念叨：“我的抽奖券呢？我记得之前明明放在这里的……”

爸爸忍不住笑出来，温柔地拍拍妈妈的肩膀说：“阿霞呀！是什么抽奖券这么重要呀？又是牙膏便宜五块钱那种‘好康’吗？”

“什么省五块钱！老头子，这次我省得可多了，你看，这里写着最大奖是到大溪地……”

妈妈兴致勃勃地拿起报纸给爸爸看，爸爸看过后的反应却是哈哈大笑，跟梦梦猜想的没两样。

“什么？你不相信我？”妈妈立刻变了张脸，不高兴地说：“我记得我就有这么一张抽奖券，到时中了大奖你就知道了！”

“是、是，老婆，还是你厉害，你最厉害！”说完，他一屁股坐下，正巧“命中”梦梦的绿豆汤——

爸爸跟梦梦同时都发出惨叫：

“啊！我的绿豆汤！”

“我的裤子！”

接着是妈妈的尖叫声——“啊！我的奖券——”

那年梦梦才小学四年级，正处于懵懵懂懂的年纪。说她是小大人了——却还是喜欢赖在爸爸身上撒娇，要妈妈帮她穿衣服才肯上学，东西老是丢三落四的，妈妈常常要追到学校去交给她。

梦梦的功课不是特别好，但却很喜欢唱歌跳舞，对乐器也很有天分。她对将来没有非常远大的志向，只想当个画家或是唱戏的演员。那是因为一次到乡下的外婆家刚好看到草台戏班演出，她觉得那些花旦们都打扮得美美的，让她好羡慕。

她做什么事情都三心二意、虎头蛇尾，常常叫大人们替她操心，但梦梦却一点都没感觉，不管爸妈怎么讲，依然我行我素。

“她还小嘛！等大一点就好了。”

爸爸总是这样纵容着她，常惹得妈妈气呼呼地说：“真不知道是遗传谁了？”

梦梦心想：应该不全是爸爸吧！恐怕妈妈也脱不了干系。

因为妈妈也常常做出一些很让人摸不着头脑的事呀，像疯狂收集抽奖券、折扣券就是其一，常把客厅铺满了纸张，让她连看电视都没地方坐。

唉！有这种糊涂又爱贪小便宜的妈妈，有时候梦梦觉得妈妈比她还更像小孩子呢！

第二天上学时，同班同学有莉在路上看到梦梦，朝她挥手跑了过来。

“梦梦，昨天老师要我们做的‘保护森林’手抄报，你做好了没？”

“手抄报……，有这回事吗？”

梦梦的表情还是一副在梦游的样子，恍然间发出“啊”的一声尖叫：“哎呀！昨天下课时老师留了这个作业。惨了！我都忘了这件事了。”

“没关系啦！你不用这么担心，明天才交的。”有莉笑

嘻嘻地说。

“噢，吓了我一跳。”听到有莉这么说，梦梦才松了一口大气。

这时，忽然换成有莉大叫一声。

“啊！怎么有一张纸粘在你的裙子上？”

“有吗？有吗？”梦梦急得直转圈。

有莉还故意转到梦梦身后，念着上面的文字：“参加十一届全国家具展，可以获得脚垫一个……还有……运动器材……”

路过的几个学生听见了，都在旁边偷笑起来。

有莉念得津津有味，却把梦梦都快气炸了：“快帮我撕下来，快帮我撕下来！拜托啦！丢死人了！”

有莉刚把粘在梦梦裙子上的纸拿下来，梦梦便迫不及待地一把抓过去撕了个粉碎，一张脸涨得通红。

“都是我妈妈啦！一天到晚收集那些奖券，弄得家里到处是各种奖券——”梦梦嘟起嘴气呼呼地说。

“没关系了！我妈也是。”有莉安慰她说。

“可是，你妈一定不会像我妈这么疯狂！”一提到这些，梦梦又是满肚子火。

进入教室，几个调皮的男生立刻跑到梦梦身旁，蹦蹦跳跳地说：“沈梦梦，跳楼大甩卖！拍卖沈梦梦漂亮的裙子喽！”

这可让梦梦气坏了，马上举起拳头示威，那些男生机警得像猴子一样跳开，边跑还边回头朝梦梦做鬼脸呢！

真是气死我了！气死我了！梦梦一屁股在座位上坐下。整个早上都是气呼呼的，心里埋怨着：都是妈妈让我出这么大的丑啦！

下课铃响时，她还在座位上发呆，一直听到旁边几个女同学吆喝着：“走！我们去操场上玩跳绳。”

梦梦一听，赶忙站了起来，对她们说：“我也要去。”

梦梦刚一说完，就被婉拒了。

“我们人数已经够了！”那几个女同学说。

很明显，这是故意不让她参与。梦梦一眼看到人群中的有莉，但有莉只是无奈地耸耸肩没帮忙讲情。

这个有莉——哼！还算不算朋友呀！梦梦心里觉得很郁闷。

一转身，她看到教室后面围了一群女生，“叽叽喳喳”地不知道在看什么。梦梦也走过去凑热闹，努力伸长了脖子。发现那些女生正在讨论着同学放在桌上的纸娃娃。

“给她穿这个。”

“不！穿那个好了！”……

大家七嘴八舌的，没有发现梦梦靠近，直到梦梦忍不住插嘴说：“我觉得给她穿那件蓝色外套好……”

忽然，那些女同学全都安静下来，只听到一个微弱的声音传来：“可是，那是男生的衣服——”

梦梦顿了一下，连忙嘴硬地回道：“蓝色是很漂亮的颜色，本来男生女生都可以穿的呀！”

梦梦一说完，那些女同学自动地解散了，毫不留情地把梦梦甩在一边。

又怎么了？难道她说错了什么吗？梦梦心里很不以为然，故意在那些人后面大声地说："就只是一些破纸片嘛！有什么好骄傲的！"

那些女同学一听，不约而同地加快了脚步，几乎像是"逃难"一样挤向门口，个个都怕被"台风尾"扫到似的。

看到同学们的动作，梦梦却一点也不以为意，还觉得是那些同学有问题，甩甩头发，毫不在意地坐回座位上，翻开她的画本。

反正，她也会画，自己照着画一个一模一样的洋娃娃来玩也是一样的。她心里这么想着。

就在这时，忽然一个身影出现在梦梦眼前。

看来我的人缘还没这么差，终于有人来找我讲话了。梦梦心里得意着，故意慢慢地抬起头来。映入眼帘的，是班上戴着厚厚眼镜的同学陈蕙娴。

“怎么？找我有事吗？”梦梦慢条斯理地说，一边还在纸上描着线条。

“是，你上次说要给我的贴纸，到底什么时候给我呀？”陈蕙娴说。

“我什么时候答应要给你贴纸了？”

“你不会这么快就忘了吧？前两天你说喜欢我夹在书里的卡片，说你会用魔法仙子的贴纸跟我交换的……”

梦梦把笔重重地搁下，不高兴地说：“我哪有这么说，是你自己心甘情愿给我的。”

陈蕙娴睁大眼睛，一副不可思议的模样：“哪有？！”

“本来就是！”梦梦却一口咬定。

接着便见陈蕙娴噙着泪，哭着跑开了。

“哎哟，怎么有这么没信用的人呀！”

“是呀！还把陈蕙娴气哭了。”

旁边的同学忍不住替陈蕙娴说话，但梦梦却假装听不

见，低头继续描她的洋娃娃。

旁边的同学一个个离开了，纷纷去安慰陈蕙娴。但是梦梦一点也不在乎，早就把自己答应过的话忘到九霄云外了，还嫌那些同学多事呢！

这是梦梦的一天。

她在班上的人缘总是很差，不过这已经不是一天两天的事情了。原因就出在梦梦老是出尔反尔。当同学们开心讨论事情的时候，又老是喜欢泼人冷水，渐渐地就没有人喜欢接近她了。

不过，这其中当然有人例外，那就是有莉——

有莉算起来是梦梦的远房表妹，虽然梦梦对她也不见得客气几分，但是因为两家人有往来，有莉算是班上唯一会跟梦梦讲话的人了。但即使这样，有莉经常也受不了她，很多时候未必跟她站在一起。

老师当然也看出梦梦的问题，多次提醒她，无奈梦梦还是我行我素，连爸妈都拿她没办法。

“那是同学自己有问题，我才没错呢！”梦梦总是这样回答。

梦梦今天回到家，意外地发现家里收拾得很干净，桌上还摆了一个大蛋糕。

想来想去，今天没有人过生日呀！更何况平常妈妈这么小气，怎么可能“破费”呢？

“是谁送的大蛋糕呀？”梦梦忍不住大声问。

爸妈几乎是同时从房里跑出来，对着梦梦喊道：“Surprise（惊喜）！！”

看到爸妈那样子，梦梦忍不住翻了个白眼，还不忘她的本性。

“好了，都几十岁的人了，还这么幼稚！”梦梦装老成地说。

爸妈的表情僵住了，互看了一眼。不过梦梦的态度，却完全影响不了爸妈的好心情。

爸爸一屁股挤在梦梦的身边坐下，兴致勃勃地说：“乖

女儿，这蛋糕是爸爸特地挑的。”

“想也知道。”梦梦嘴里故意冷冷地回道，但一双眼睛却紧盯着蛋糕不放。

“是呀！是呀！告诉你一个天大的好消息！妈妈今天找到了遗失的抽奖券，发现我们的两张抽奖券中奖了，可以免费到大溪地旅游耶！”

妈妈小心翼翼地把抽奖券捧在手心，送到梦梦的面前。

“机票？”

梦梦刚开始还有点不敢相信。妈妈会这么好运？妈妈却兴高采烈地把报纸拿过来，指着上面的号码给梦梦看。

“你看看，你看看，妈妈说的话没错吧？！”

“真的呀——”梦梦看到抽奖券上的号码与报纸上的果然一模一样。

“你看吧！你妈可不是吹呀，这证明了我这两年来的辛苦不是白费的。”

妈妈可得意了，只差没帮自己戴上“皇冠”了。

“可是妈妈——那是哪里呀？怎么从来没听过？到底是真的假的？”梦梦脑海中一堆问号。

“有，有，有这个地方，”妈妈在那头笑得很开心地说，“越是没听过的地方才越有趣。”

爸爸接着又解释说：“梦梦呀！这个岛在南太平洋上，四周都是蓝蓝的，海天相连……”

连平常古板的爸爸都变得梦幻起来了。

虽说，爸爸形容的不过是报纸上那一小幅的照片。但受到气氛的感染，梦梦也不禁开始幻想，那个有着洁白沙滩和海浪的景象——

第二章　在夏日里的相遇

这对梦梦来说，简直就像一场梦一样。

他们的家境小康，爸爸只是一般的公司职员，妈妈向来都省吃俭用地维持这个家的开销。从梦梦有记忆以来，他们全家旅游顶多南到鹅銮鼻看灯塔，北到基隆吃海鲜，从来都没离开过这块土地。

她对海边的印象也向来是拥挤跟波涛汹涌，完全和悠闲、浪漫扯不上边。但这回，他们因为意外中奖，却一下子可以去很少人能去的遥远岛屿，这让梦梦充满了无限的憧憬。

那股兴奋劲儿，就连发现要剪的报纸专题被妈妈剪了一个个破洞，她都忘了生气。她也破例一连好几天都没有跟同学生气，像是完全变了个人似的。虽然，她讲话还是一样的刺耳，但至少有几个好奇的同学愿意主动上前

攀谈了。

“大溪地？那是在哪里呀？”

“在遥远的南太平洋啊！”梦梦脸上挂着一丝骄傲，还不忘加重口气说，“那是个很远很远的地方。”

“好羡慕啊！”

这是梦梦最乐意听到的回应。

就在那个暑假，全家人意外地因妈妈疯狂搜集的抽奖券，而有了一次难得的旅行。

在机场时。因为妈妈的大意，搞得全家人鸡飞狗跳。不过好在他们是跟团游，同团的有七八位旅客还有一名导游。因此一路上，还不致出太大的差错。

同团的游客大都是一些老先生、老太太，真正靠抽奖抽到的只有梦梦一家人，当然，梦梦也是同行中唯一的小朋友，因此大人们还挺照顾她的，这也包括了导游叔叔小陈。

导游叔叔是一个中等身材的年轻人，很爱跟大家说笑，又像是很有学问的叔叔，看起来是个很有耐心的人。那些

老人家经常围着他七嘴八舌的，导游叔叔都很有耐心地跟大伙一一解释，梦梦觉得这个导游叔叔让人很放心，一副很可靠的样子。

只是妈妈经常天马行空的行为，跟在家里一点都没差别，常叫梦梦跟爸爸也跟着抓狂起来——

“梦梦，梦梦！护照呢？”

在机场值机柜台，妈妈急得全身上下摸了老半天，忽然转头问梦梦。

“我怎么知道？”

梦梦觉得妈妈实在很奇怪，这么重要的东西不是大人应该负责的吗？

后来，还是爸爸翻遍了行李箱，最后在盥洗用品的袋子里找到了。原来是前一天晚上在旅馆里，妈妈随手塞进去的。妈妈这么夸张的行为，梦梦看了都差点昏倒，真不知道这个家如果没有了爸爸，会是怎样一种混乱。

好不容易把掏出行李箱的衣物又硬塞进去，这让他们

耽误了不少时间，差点都要赶不上飞机了。看妈妈这样糊里糊涂的样子，梦梦对接下来旅程的顺利程度，真的是不敢多想。她开始怀疑；这趟旅行会真的好玩吗？

这趟行程折腾了十几个小时，梦梦从来没坐过这么久，别说是飞机了，连公交车、火车都算上也没有。梦梦好几次从睡梦中醒来，再迷迷糊糊地睡去，直到最后一次被剧烈的摇晃惊醒。

“梦梦，快快！目的地到了！”

她一睁开眼，看到妈妈那张兴奋的脸，激动得就像是看到“跳楼大甩卖”的字眼一样。

从窗户看出去，果真是一片湛蓝的海洋，包围着一个个的小岛，梦梦随即感受到那股慵懒的南洋情调——

虽然，过海关又像是打仗一样，让大人们手忙脚乱，尤其是妈妈，还在海关人员面前支支吾吾地红了脸，好像做错什么事一样。

“这位太太，又不是相亲，别那么紧张嘛！”

对妈妈早已经很了解的导游，忍不住开了妈妈一个玩笑。旁边的大人们都笑成了一团。梦梦好尴尬，觉得这个妈妈怎么老让她出丑呢？

所有旅途上的辛劳都在走出机场时烟消云散了。当那些前来欢迎的人，在旅客身上挂花环的一刻，每个人脸上都洋溢着幸福快乐的笑容。

“欧拉那！”

梦梦听到欢迎他们的漂亮阿姨说。

“爸爸，这是什么意思？”梦梦兴奋地拉了拉爸爸的衣角问。

“应该是问你吃饱没……”

没想到妈妈多嘴地插话，惹得导游叔叔快笑岔了气，连忙纠正说：“不是啦！那是‘欢迎你’的意思。”

“啊啊……是呀！我就是这个意思……”妈妈红着脸，还要强词夺理。这让梦梦真的是快受不了啦！旁边的叔叔阿姨们也都忍不住发出了闷笑声。

就在他们排好队，等着让导游拍一张团体照时，忽然一个小女孩闯了进来，也朝镜头做着手势！

顿时，所有的大人脸色都僵了，注意力转移到小女孩身上，完全被她扰乱了秩序。

“是谁家的孩子呀？”大家议论纷纷。

但是那个小女孩却完全不在意，还跑到梦梦的身边勾起了她的手臂，摆起各种可爱的造型。

那个导游像是抓到什么有趣的场景一样，趁机拍个不停，完全把其他团员丢在一旁。

“笑一个，梦梦，笑一个嘛！”

不管导游叔叔怎么逗她，梦梦都笑不出来，好奇地直盯着那个女孩。

女孩的皮肤比她黝黑一些，眼睛大大的，睫毛翘翘的，笑容就像阳光一样灿烂，甜美得像化开了的焦糖。

就在梦梦还没回过神来，另一头传来了大人的呼叫声：

“Nini!Nini!”

只见一个身材矮胖的女人跑了过来，一边向周围的大人笑着致歉，一边拉起小女孩“叽里咕噜”地不知道说些什么。就在这时候，小女孩忽然转了个身，给了梦梦一个大大的拥抱。

“欧拉那！”

女孩说完，转身跑开了。梦梦还愣在那里，来不及做任何反应。

“好奇怪的女生！”梦梦赶紧凑到爸爸身边。

爸爸却摸摸她的头，和蔼地回答道：“那个是当地的女孩，只是表达欢迎的意思而已。”

“是呀！她看起来很喜欢你哟！”导游也上前说道。

喜欢？这也未免太热情了吧！从来没有被这样拥抱过的梦梦，还是觉得很不习惯。

不管怎样，他们终于来到了这个蓝天碧海的度假胜地——大溪地了！

到处都是热情的人们，随时都能听到当地的招呼语：

“欧拉那！”大人们也不禁放松起来，笑容始终挂在脸上。

一来到下榻的饭店，穿着花衬衫的服务员立刻给每人送上一杯装饰着鲜花的鸡尾酒。

梦梦搞不懂那是什么，只觉得颜色很漂亮，一把接过来就灌了一大口，等妈妈发现已经来不及阻止了。

“唉！你这个孩子，怎么喝这种东西？”

妈妈连忙把她手中的酒杯抢过来。

梦梦还觉得妈妈太大惊小怪了，那些大人们不都喝得很开心吗？还在这么想时，她突然觉得脸颊热了起来，头也开始发胀。

“哎呀！老公，你看梦梦她——”

爸爸也变得紧张起来，连忙蹲下来捧着梦梦的脸说：“梦梦，你没事吧？”

“没……没有……”梦梦发现自己莫名其妙地“咯咯”笑个不停，视线也变得模糊起来。

后来，梦梦是怎么来到房间的，已经一点记忆都没

有了。

当梦梦醒来，周围安静极了，除了偶尔传来的笑声，像是远远地挂在天边。

她一睁眼看到的就是天花板上的风扇——其实不应说是在天花板上，应该说是横梁比较恰当。因为屋顶根本不是一个平面，而是用木头搭成的尖形，充满着南洋气息。

迷迷糊糊中，梦梦还以为自己在做梦呢！等稍微清醒了些，梦梦惊觉不对，忽地一下从床上跳起来。

我在哪里？这不是我的家……

梦梦望向四周，白色的竹椅、床帐，充满异国情调的印花布窗帘……金黄色的阳光洒了一地，空气里充满着海洋的味道……梦梦不知不觉就迈开了脚步，朝阳台走去。

从位于二楼的阳台望下去，闪耀在眼前的是一览无遗的海洋跟白色的沙滩。人们跑来跑去嬉笑着，就和电影里的画面一样。

梦梦被眼前的景象吸引住了，不过没几分钟她又立刻

回到现实。她怎么会在这里？爸妈呢？她最后的印象还是在那个充满鲜花的大厅呀！

梦梦立刻大呼小叫起来，“妈！妈！爸——”

无论她怎么呼喊都没人回应。梦梦跑进了浴室，又跑到阳台再看一遍，就是没有爸妈的身影，原先兴奋的心情立刻蒙上了一层阴影。

我会不会是被绑架了？首先浮上脑海的是这个不祥之感。

这时听到走廊上有些动静，梦梦立刻跑到门边。她本来想偷听外面的动静，但是手一碰到门把，发现那个门根本没上锁。于是她小心翼翼地打开房门溜了出去。

长长的走廊上，一个推着换洗床单的服务员正好经过。那是一个皮肤黑得发亮的阿姨，头发卷卷地堆在头上，看起来像是当地人。

“阿姨，你看到我爸妈了吗？”

那个阿姨回过头来，满脸狐疑地摇了摇头，显然是听

不懂梦梦在说什么。接着又开始说了一串她听不懂的话，让梦梦有点紧张，索性拔腿就跑。

没想到那个清洁阿姨竟然在后面大喊起来，梦梦更是加快了脚步，没命地往前冲。幸好她跑到了一个楼梯口，毫不犹豫地朝楼下奔去。

就在快到一楼时，忽然一个黑影冲了出来，梦梦来不及闪避，一头撞了上去。

“哎呀！”

梦梦听到一个小女孩的叫声。对方没怎样，自己却往后跌了个大屁股蹲儿，实在够糗的。

“你还好吧？”

梦梦感觉到一双有力的小手拉住她。

“对不起，我没发现楼梯口有人——”

她听到那个小女生的声音，定睛一看，那个女孩似乎有些眼熟——大大的亮晶晶的眼睛，头上系着红色的丝带，还有笑起来露出一口洁白的牙齿……不就是刚下飞机时，

闯进来要跟她合影的女孩吗？

女孩看她没有回应，连忙又问了一句：“你没事吧？”

“你会说中文？”梦梦觉得有些吃惊。

女孩一派轻松地点点头：“会呀！”

这时梦梦才放心地向她抱怨着：“刚有人在追我……”说完，还下意识地抬头往楼梯上方望去。正好看到刚才那个女人站在楼梯转角，一脸狐疑地打量着她。

“你看！就是那个人——”梦梦立刻指着那个人说。

小女孩朝对方说了一串她听不懂的话，接着那个女人便耸了耸肩走开了，边走还边摇着头，嘴里“叽里咕噜”地不知在念叨些什么。

“没关系了，她是这里的服务员，不是坏人！”

梦梦把头转过来，看到女孩又露出了甜美的笑容，似乎这种笑容有安抚人心的作用，梦梦整个人立刻放松下来。接着又想到哪里不对劲——

“我叫妮妮，你呢？”小女孩露出一口洁白的牙齿，她

的笑容越看越可爱，是梦梦看过的最甜美的笑容。

“我叫梦梦，你也是来这里玩的？”

“这是什么意思？”妮妮歪着头，笑容却没从脸上褪去。

“我是说，你也来自中国台湾吗？我在中国台湾南部的大同小学上学，你呢？”

女孩“咯咯”地笑了起来，好像听到什么笑话一样。“不是啦！我是这里人。”

梦梦简直不敢相信：“你不要骗人了，你怎么可能是这里的人，你长得跟我一模一样呀！”

“没错，我是华人，可是是在这里长大的呀！是大溪地的华人。”

“啊？”梦梦的嘴巴张得好大。

“怎么了？”

“我不知道，大溪地也有中国人耶！”

妮妮笑得更厉害了。“当然有呀！我妈妈是中国人，很多亲戚也是。”

“真不敢相信！”梦梦睁大了眼睛，还是充满着疑惑。

“呵呵……这有什么不可相信的，我不就在这里吗？”妮妮转了个圈，穿着的印花洋装裙摆也跟着散开了，形成一幅美丽的图案，看得梦梦眼睛都花了。

转过圈之后，妮妮大方地拉起梦梦的手。“走！我们一块到外面玩吧！”

妮妮的热情让梦梦不知如何拒绝，于是她跟在这个活泼的小女孩背后，向大堂走去。

经过大堂时，梦梦忍不住多看了一眼。那个大堂的的确确是她睡去前最后一个印象，至于是怎么到那个房间的，中间发生了什么事，她却一点印象都没有。

看到自己落后了妮妮好几步，她又连忙赶上前去。一路上看到妮妮跟好多大人打招呼，跟大家都很熟似的。她忍不住问：“妮妮，你好像跟这里的人都很熟？”

“是呀！我妈妈在这里上班呀！所以我常常跑到这边玩。”

“那你对这附近一定很熟吧？”

“当然。”妮妮在门口停了一下，转过身对她眨眨眼睛说，“走！我带你到海边玩。”

说完，妮妮便朝门外跑了起来，梦梦也忍不住跟上前去。不知为什么，在妮妮身边，梦梦就觉得很可靠、很有安全感，也许是因为她们的语言相通，又也许是她甜美的笑容……

反正梦梦就是很喜欢这个女孩，觉得她们很有缘分似的。

沙滩上有很多不同肤色的人，晒得像黑炭的当地人、白皮肤的西方人……大家不是赖在沙滩上晒太阳，就是在海里玩水，每个人看起来都好快乐、好休闲。

梦梦看到几个欧美小孩在岸边玩水，他们金黄色的头发、红喷喷的脸蛋就像是小天使一样，让她忍不住停下来看傻了。

“走！梦梦，我带你去一般人很少知道的，又很漂亮的地方。”妮妮拉起她的手说。

“嗯。”

梦梦跟在妮妮身后跑了起来，穿过了密密麻麻的人群。

第三章 诚挚的友谊

妮妮带她绕过一个凸出的峭壁，又爬过一个小山坡，展现在眼前的是一望无际的洁白沙滩，沙滩上什么人都没有。

“这就是我的私人沙滩！免费的哟！”

妮妮说完张开双臂，大喊一声：“ya!”便从山坡上冲下去，梦梦也跟着跑了下去。

海风吹着她的脸庞，只要深吸一口气就能感受到海水咸咸的味道，阳光、沙滩包围在四周，这一切都感觉棒极了。所有旅途上的奔波疲惫也被远远地抛在了脑后，梦梦终于开始有了真正度假的感觉了。

没想到，妮妮一脚刚踩在沙滩上，整个人就往前扑倒在沙滩上，一动不动。这可把跟在后头的梦梦急坏了，连忙跑过去跪在她身边，摇晃着她的身子。

“妮妮，妮妮！你怎么了？”

妮妮的肩膀动了动，忽然翻过身大笑起来，说：“哈哈，你被我耍了！”

“哈！你好坏！”梦梦嘟起嘴来故意装作生气。

“哈哈哈……不要生气嘛！”妮妮拍拍身旁的沙滩说，“来！你躺下，跟我一样，感觉这沙滩像不像是软软的床铺呀！”

梦梦慢条斯理地学着妮妮的动作，刚开始还有点紧张，但是躺下之后，感觉到身下的沙滩热烘烘的，万里无云的天空就像是刚被洗干净一样，真的是好舒服。她渐渐地开始享受这一切了。

“你听。”

“什么？”

妮妮忽然把手指放在嘴唇上，要她安静。

梦梦听到了，她听见海浪一阵又一阵拍击礁石的声音，海风略过耳际“呼呼”的声音，好像想跟她说些什么悄悄

话。她很享受这样的节奏，不知不觉闭上了眼睛，静心聆听着。

“你听到了什么？”

过了一会儿，她听到妮妮问。

“是大海的声音。”梦梦答道。

“我就知道。”

梦梦睁开眼睛，发现妮妮已经坐起来蹲在她旁边。背光的阴影下，更衬托出她亮晶晶的双瞳。

“知道什么？”

“知道你跟那些游客不一样呀！”

“什么地方不一样？”梦梦也坐起来，跟她肩并肩望着大海。

“那些游客喜欢挤在同一个地方，吵吵闹闹的，不懂得欣赏大海的美、倾听它的声音——你就不一样！”

“噢？”梦梦很少被人称赞，不禁红了脸。

说着说着，妮妮忽然勾住了梦梦的手臂，把头靠在她的肩上说：“我好喜欢你呀！”

妮妮无论做什么，都是那么直率，让梦梦感到非常诧异。她认识的世界不是这样的，大家很少会说出心里话，像她就很爱说反话，明明很想要，或是想跟大家一起玩，却说不出口，有时反而说出很讨人厌的话。

“在你的家乡，你一定有很多朋友吧！”妮妮接着说。

这倒是让梦梦不知该怎么回答才好。因为事实并不是这样的，而是刚好相反。她知道自己在班上很不受欢迎，还常常做些让人讨厌的事，她不知道谁才是她真正的朋友——她不知道为什么妮妮会这么说，这让她有种受宠若惊的感觉。

接着妮妮又把手环绕过她的臂膀，说：“像我呀！一看到你就很喜欢你了。”

“我——我也很喜欢你呀！”梦梦有些吞吞吐吐的，脸也不知不觉红了起来。毕竟要说出这样的话，对她来说还是很不自在。

“那我们是好朋友了？”妮妮说。

“当然！”梦梦点点头。

“你几岁了？”妮妮问。经过了解，她俩居然同岁，只是梦梦大三个月而已。

“那你是姐姐，我是妹妹。我们来拉钩约定，要当一辈子的好朋友。”妮妮热情地说。

一辈子的好朋友？她才认识妮妮不到一个小时啊！梦梦很惊讶这个小女孩的天真与热情，更有一种说不出的感动。在遇到妮妮之前，她的记忆中从来没人对她说过这种话，也没有人像她这样的直接。

她发现在这么短的时间内，她也喜欢上了这个小女孩。

“好，一辈子的好朋友。”梦梦跟她拉钩作为约定。

“嗯。”

在勾完手指之后，妮妮站了起来向她伸出小手说：“走，我带你去看我的秘密基地。”

“秘密基地？”

梦梦跟她的后面，没走几步就发现岩壁下方有一个简陋的木板小屋。那个简陋木屋像是临时搭建的，旁边用花布装饰着。

“这是你盖的吗？”

“当然不是。”妮妮转过头来，露出神秘的微笑，“是我爸爸在我七岁那年给盖我的，我把这当成了我的‘度假小屋’。你们要度假，我也要啊！”

梦梦觉得她真的有趣极了，还会想到这一点。

“来！欢迎光临！”

妮妮学着饭店服务员的样子微弯下腰，伸出手臂来。

那个木屋小得连她们两人进去都嫌狭窄，屋顶由几片木板拼接而成，四周是简单的几根木桩，从里头望出去一览无遗。屋里面倒是别有天地，堆了不少杂物。

“来！请坐。”

妮妮拿出一个破了几个洞的软垫，上面沾了几个像是草莓果酱的点点。接着，妮妮迫不及待地介绍起屋里的

物品。

“你看！这些都是我的玩具。”

妮妮开心地一一向梦梦介绍她的玩具，有撑开来只有半边的雨伞，一个少了一只眼睛和一条腿的破布娃娃，还有一盒纽扣……

“你要纽扣干什么？”梦梦好奇地问。

“也许我的衣服会需要纽扣呀！”

梦梦望了一眼她的衣服，那是套头的裙子，根本不需要什么纽扣的。

妮妮似乎看出了梦梦的疑惑，笑眯眯地说：“好啦！被你看穿了。其实我是很喜欢收集纽扣的，而且还可以收集到很多友谊呢！”

说完，她还吐吐舌头，做了个鬼脸。接着她把盒子里的纽扣倒了出来细数着，几乎每一颗纽扣都有一段故事。

“这颗是一个来自澳洲的老爷爷给我的，这是一个非常漂亮的新西兰阿姨……”

梦梦听得入神，脑海中幻想着那些画面，很自然而然地脱口而出："等我回家以后，也寄一些纽扣给你好不好？"

"真的吗？"妮妮的眼睛亮了起来，"那真是太好了！你真是我的好朋友。"

妮妮给梦梦来了个大大的拥抱，这又让梦梦吓了一跳。

不过，她想她会慢慢习惯妮妮的热情的，因为她也好喜欢妮妮这样的个性，跟她以前认识的同学、邻居完全不同。

梦梦喜欢妮妮的直率大方，妮妮则喜欢梦梦的贴心，两个女孩没认识多久却好得像认识了一辈子似的，开开心心玩在一起。冥冥中，好像有种缘分拉近了彼此间的距离。

直到外头传来阵阵的呼唤声打断了她们。

"妮妮！妮妮！"

"啊，是我妈妈来找我了。"

妮妮连忙跑出木屋，朝着外面的一个人挥挥手。那个

阿姨朝这边快步走来，她的皮肤跟当地人不一样，比较白皙，乌溜溜的头发卷在脑后，细长的单眼皮一看就知道是亚洲人。

“唉！你怎么跑到这里来了，你有没有看到——”

就在妮妮的妈妈跟她讲着话的时候，一看到跟出来的梦梦，她立刻把注意力转移到梦梦身上，接着朝她跑过来。

“哎呀！你不会是那个从中国台湾来的游客梦梦吧？”

“咦，你认识我？”

梦梦觉得很奇怪，只听到那个阿姨尖叫一声，张开双臂像是发生了什么不得了的大事一样。

“原来你躲在这呀！妮妮，你怎么把客人带到这里来了呢？人家爸妈找她快急死了。”

“我爸妈找我？”

“当然啦！孩子，这里不是你应该来的地方，快跟我回饭店去吧！”

妮妮的妈妈说完，立刻牵起她的手朝山坡上跑去，妮

妮则跟在后面。没多久，她们越过了山坡，出现在岩壁的另一头，远远的已经看到一群人在下面等着。

爸妈一看到梦梦，立刻朝这边跑过来，大叫着她的名字。

“爸、妈！”

梦梦三步并作两步就跑到爸妈面前，爸爸立刻将她搂进了怀里，又是气又是疼惜地说：“你这孩子怎么一个人乱跑？”

“我哪有，是我醒来房里都没有人——”

“爸妈不过出去一下，你就不能等等吗？”妈妈有点怪罪她的意思。

这时站在一旁的妮妮妈妈连忙插嘴说：“你们别怪梦梦，是我这孩子不好，把她带出去玩了。”

这时梦梦连忙接口道：“爸，我给你介绍，这是我的好朋友妮妮，跟她在一起没有问题啦！”

爸妈这时才跟妮妮她们打了声招呼：“真不好意思，麻烦你们了，也谢谢你们把梦梦带回来。”

“不客气，还都要怪我这女儿——”

“不不，是我女儿太爱乱跑——”

两家人客气地交谈了一下，梦梦便被爸妈带走了。离开时，梦梦还不断回头，看到妮妮站在那里，一只手拿着装纽扣的盒子，另一只手不断地朝她挥舞着。

梦梦这才想到忘了问妮妮家在哪里，她默默地祈祷着，希望接下来的日子还能碰到她。

关于这点，梦梦似乎是多虑了。接下来的日子，她几乎是天天都遇到妮妮，因为妮妮的妈妈就在饭店上班，饭店几乎成了妮妮的游乐场。

在回家的路上，妈妈的唠叨就像是轰炸机一样吵个没完。

“你下次再这样随便乱跑，就不要回家了！”

“是呀！以后不许再这样乱跑，万一遇到坏人怎么办？”爸爸这一次没有再站在她这边，而是跟妈妈站在同一阵线。

“妮妮又不是坏人。”梦梦嘟起嘴不服气地回道。

“那是你好运！碰到华人小女孩，要是碰到土著人的话说不上会出什么状况呢！”

妈妈越说越夸张了，连爸爸都不知道该怎样接下去，只能在一旁尴尬地笑着。

一被带回房间，梦梦就被爸妈打发去整理行李，梦梦整理了一下又跑去粘在爸爸身边问东问西。

“爸，为什么这里也有华人呢？”

“世界到处都有华人呀！他们多半是很早就移民到这里了。”

“嗯。难怪……”梦梦点点头。

“难怪什么？”爸爸好奇地转过头看着她。

“难怪，虽然我跟妮妮都说中文，但是妮妮跟我以前遇到的朋友都很不一样！”

“是吗？哪里不一样？”

“她很天真开朗，整天都是一张笑脸，说话也很有趣。”

“噢？你也可以这样呀！”爸爸逗着她说。

“算了吧！我们小孩子本来就有很多的烦恼呀——”

梦梦的话惹来妈妈一双白眼：“我比你更烦恼，刚才的事我还没罚你呢！”

“好啦！好啦！出来玩就是要开心，你们母女俩就别斗嘴了。”爸爸笑嘻嘻地搂住女儿说。

“对了！爸爸你看，这是妮妮送我的贝壳手环，好不好看？”

“啊！好漂亮哟！爸爸刚才怎么没发现呢？”

“哼！你跟妈妈就知道生我的气，当然没注意喽！”梦梦说，“妮妮真的对我很好啊！她说很喜欢我，要当我的妹妹。”

“那好呀！以后你在这里就有一个好朋友了。”

梦梦笑了起来，把那串手环紧紧地抱在怀中。

梦梦很快又见到妮妮了。

那天傍晚用餐时，刚好妮妮的妈妈服务梦梦她们这几桌，妮妮一溜烟儿地跑进来向梦梦打招呼。

“嗨！”

“嗨！你来了呀！”

“是呀！”

他们没讲两句话，妮妮便被妈妈赶了出去。不过她不死心，又溜回餐厅附近，躲在正对着梦梦的一株芭蕉树后偷偷向她挥手。

梦梦朝她扮了个鬼脸，她也朝梦梦回了一个鬼脸，然后两人指手画脚起来，好像是认识很久的朋友一样，用着只有两人懂的语言，不断“呵呵”笑着。

等妮妮的妈妈一过来，妮妮又一溜烟儿跑掉了。但是她们的一举一动已经全被梦梦爸爸看在眼里。

“看来，你真的在这里交到好朋友了。”爸爸说。

“是呀！我好喜欢妮妮呢！”梦梦微笑着说。

“刚才你们在指手画脚什么？”

“妮妮意思是，希望我待会吃完饭出去跟她一块玩。”

爸爸听了，跟妈妈互看了一眼。梦梦怕爸爸会拒绝，连忙撒起娇来：“好嘛！我不会跑太远的，就在饭店前面——”

“不用了。”这时妮妮的妈妈正好端着一盘菜过来，笑眯眯地说，“不如大家一起来参加妮妮的生日会好了。”

“这——这怎么好意思呢？那是你们家人的聚会……”妈妈显得有些诧异，连忙客气地回道。

“难得大家有缘相会，妮妮又跟梦梦这么合得来，邀请你们也是应该的，就怕你们不赏光。”妮妮的妈妈说。

“这——怎么会，我们高兴都来不及了，只是……”其实妈妈还是有点犹豫。

这时妮妮的妈妈又说：“我们这里的喜庆宴会可是依照当地的传统，非常有特色呢！”

“我要去！我要去！”梦梦忍不住先开口叫了起来。

这时妈妈显然也心动了，不过还是脸色一正，对梦梦

提醒说："你不闹，我们就去。"

梦梦赶快闭上了嘴巴。

妮妮的妈妈得到了肯定的答复，笑眯眯地说："好吧！那就这样决定了，八点半我会在大厅等你们。"

原来，刚刚妮妮是想拉她去参加她的生日会呀！梦梦这才明白过来。想到爸妈也会一块去，多少安心了些，至少不用再花心思让爸妈点头了。

第四章 最棒的礼物

既然要参加妮妮的生日会，梦梦当然不能空着手去。她的脑袋一转，很快就想到要送妮妮什么了。

她借口要回房间换套衣服，可是却偷偷地把爸妈衬衫上的扣子剪下来，用线穿成一小圈手环。这一切动作很快速地完成，在妈妈上来催她前跑出了房门。

"你——"

"什么？"

在楼梯间碰到了正要上楼的妈妈，妈妈的话让梦梦心虚了一下。

"你身上的衣服根本没换呀！"

妈妈这一说，梦梦才想到，连忙想了个借口说："哎呀！我翻来翻去，还是觉得现在穿着的衣服最好……"换来的却是妈妈狐疑的眼光。

因为梦梦身上穿的还是简单的白色T恤跟牛仔短裤而已。

“好啦！妈，快来不及了！”

梦梦没给妈妈继续发问的机会，“咚咚咚”地连忙跑下楼去。这时，妮妮跟她的妈妈早已经等在门外了。

“真不好意思，让你们等这么久。”爸妈带着梦梦到门口连连道歉说。

“不会啊，你们很准时呀！”

“准时？”

“是呀！在我们这里，迟到一个小时内都算是准时。”一旁坐在车上的男子打趣地说。

“啊，忘了跟你们介绍，这是我老公丹尼。”

要不是妮妮的妈妈介绍，梦梦还以为那个长得像黑人的，是他们家的司机呢！

梦梦有点意外，妮妮的爸爸是当地人而不是华人，只能用英文跟他们沟通，梦梦当然是半句也听不懂。不过，

显然爸妈的英文也都没好到哪里去。

爸爸勉强可以翻译给梦梦听，但是要他说英文却“咿咿呀呀”半天吐不出个字来，害梦梦在旁边直发笑。

“你爸爸好有趣哟！”妮妮也跟着笑着说。

“才不呢！你爸爸比较有趣。”梦梦回答。

两个小女生交换了一个心有灵犀的眼神，接着都笑开了怀。

妮妮的生日会在海边举办，在距离饭店1公里的地方，看起来就像是盛大的篝火晚会一样。

一下车，梦梦一家人就受到无比热情的欢迎。送饮料的送饮料，送点心的送点心，妈妈的头上还被插了好几朵花，真是完全颠覆了妈妈以前一板一眼的形象。

妮妮的爸爸虽然跟他们语言不通，但还是一一热情地拥抱了他们，并提了一大桶酒过来，倒了满满的一杯塞到梦梦父亲的手上，请他一口干尽。妮妮的亲戚见状全围了上来，拍手欢呼着。梦梦没想到爸爸也有“英勇”的一面，

只见他立刻端起酒杯大口大口地喝得一干二净。

爸爸的动作显然很给当地人面子，众人立刻一拥而上，相互介绍自己的身份，好不热闹。这么大的阵势，梦梦有些看傻了眼。因为太多人了，她只能依稀记得有些是妮妮的叔叔、姑姑，还有外公、外婆等。

“妮妮，你们家人好多呀！你都记得住吗？”梦梦偷偷凑在妮妮耳边说。

妮妮听了又是“咯咯”直笑，“怎么会记不住，大家都住在同一个村子，几乎天天都见面的呀！”

妮妮才一说完，梦梦忽然发现身后不知道什么时候挤了一大群小朋友，对她指指点点，脸上充满灿烂、和善的笑容。

“这些都是我的堂兄弟姐妹。”

妮妮才一说完，大家都朝她挥挥手，梦梦也连忙笑着回应。她发现，在这里虽然语言不通，但是笑容就是最好的沟通方式。只要一个笑容，立刻能得到热情的回应。

“对了，这里有你的兄弟姐妹吗？”

“没有。”妮妮摇摇头，“我家里只有我一个小孩。”

“我也是。”梦梦觉得自己很多地方跟妮妮越来越相似了。

“不过现在不是了……”妮妮忽然转个弯说。

“啊？”

妮妮勾起了梦梦的手臂说：“因为，我现在有你这个姐妹了呀！”

妮妮的话让梦梦觉得好暖心，连忙回道：“是呀！我们就是很好的姐妹花。”

“姐妹花？”这下换妮妮不懂了。

“我们形容漂亮的姐妹都这样说。”梦梦解释给她听。妮妮立刻笑开了花。

“是呀！一辈子的姐妹花。”

妮妮把手紧紧地勾住她，头靠在她的肩膀上，这个小动作让梦梦觉得很感动。从来没有人这么直接地表达对梦梦的喜欢她的朋友，而且这个人还有一副像阳光般的甜美

笑容。

“你们两个，快过来吹蛋糕蜡烛了！”

那头，妮妮的妈妈呼唤着两人，于是她们手牵手跑了过去。

“老公，你看她们两个，才认识不久，就好得像是连体婴一样。”梦梦的妈妈望着两个小女孩的背影，忍不住说。

“这样不是很好吗？”梦梦的爸爸倒是悠闲地说，“我很少看到梦梦这么开心了。而且，你不是一直担心梦梦的人际交往能力吗？现在，你可一点都不必烦恼了。”

“是呀！原本还以为她是哪里不正常呢！”梦梦的妈妈笑着回答。

火光映照在梦梦爸妈的脸上，他们喝了不少酒，脸都红了起来。他们手挽着手并肩坐在一起，好像又回到了年轻时的浪漫时光……

“走！梦梦，我们到篝火那边去玩。”妮妮拉着她的手跑了起来。

“对了，你刚才吹蜡烛的时候许了什么愿望呀！”梦梦边跑边问。

妮妮对她眨了一下眼睛，调皮地说：“希望我们当永远的好朋友。”

妮妮从不掩饰内心的情绪，总是那么直率，让梦梦又是一阵感动。她连忙点着头说：“嗯，这有什么问题！”

在夜晚的沙滩上，梦梦跟妮妮和妮妮的堂兄弟姐妹们追逐着，玩着捉人游戏。梦梦真的很久都没玩得这么开心了，不只是妮妮，那些小朋友们也都很喜欢她，这让梦梦觉得既意外又开心。想到在学校，同学都不喜欢跟她互动，就算是她主动，大家也都躲得远远的。没想到来到这个异乡，忽然间她成了非常受欢迎的人了，而且还收了很多花和彩色石头作礼物呢！

“对了，妮妮，我有生日礼物要送你！”

“啊！是什么？”妮妮开心地拍起手来。

梦梦把从爸妈衣服上收集来的纽扣手环拿出来了。

“哇！是一串纽扣手环啊！”妮妮的眼睛闪耀着惊喜，“这些纽扣都是从你家乡来的吗？”

“没错！是真真正正的家乡货哟！”梦梦装模作样的，拍拍胸脯作保证。

“我好喜欢，谢谢你！”

妮妮忽然又来个大大的拥抱，还在她脸上亲了一下，害梦梦都不好意思起来。

“我一定会好好珍藏的，以后还可以留给我孙子。”

“这——这就不要了吧——”

梦梦笑了起来，觉得妮妮想得太远了些——这些不过是很廉价的东西，又不是宝贝，怎么好意思给人家当什么“传家宝”呢？但妮妮却是一副认真的模样，好像把那些纽扣当成美丽的宝石一样珍爱着。接着，妮妮那些堂兄弟姐妹们围上前来，妮妮还得意地跟他们展示梦梦的礼物，惹得他们惊呼声连连。

也不过就是纽扣而已，梦梦很惊异这里人们的单纯，

一点小小的礼物就能满足他们。

她不禁想起自己的日常生活，那些同学老爱比来比去，谁的铅笔盒比较贵，谁的发夹是最美的，连她自己都不例外。每到生日都要求东要求西，还会因为不喜欢的球鞋图案，把鞋扔到垃圾桶里去，让妈妈气得快昏倒。相比这里的人们，自己是不是要求太多、太任性了呢？

满天繁星闪烁，篝火烧得“噼啪噼啪”作响。梦梦跟妮妮玩累了，肩并肩坐在沙滩上面对大海，她的心里洋溢着满满的幸福滋味。

“真想永远住下来，不要回去了。”梦梦不由得说，边说还边往后倒在沙滩上。

“哈哈，你真的喜欢这里？”妮妮也跟着躺了下来，转过头望着梦梦。

“对呀！这里的人那么好，风景这么漂亮，还有满天的星星好像一伸手就可以抓得着。”梦梦数说着许多美好的印象，接着转过头来说：“对了！你们当初怎么会搬到这里，跑到这么遥远的岛上呀？”

“你看过蒲公英没有？”妮妮的手指在空中划了一圈。

“嗯。”

“妈妈说，我们人就像蒲公英一样，飘到哪里就在哪里落脚……”

“听起来很棒，不过——要是我跟妈妈说要在这里住下来，妈妈铁定会抓狂。”

妮妮笑了起来，清脆的笑声随着海风飘到好远好远的地方——

蒲公英？

梦梦仰望着星空，脑海中出现了蒲公英随风在空中飞舞的画面，心思也飘了起来……

此时的她好羡慕妮妮，真希望也能跟她一样，永永远远落脚在这里，过着无忧无虑的生活。

但是爸妈的催促声，把她拉回了现实。

时候不早了，梦梦跟着爸妈向妮妮家人告辞。这时梦梦发现，爸爸的脸红得像猴子屁股似的，连走路都东倒西

歪。她忍不住跟妮妮对看了一眼，两人捂着嘴偷偷地笑了起来。

“我们明天还会再见面吗？”妮妮问。

“当然。”梦梦很肯定地回答。

不过，人算不如天算。

第二天一大早，旅游团的团员们就被导游喊了起来。这一天的行程很紧，一路上还碰上车子抛锚，等回到饭店时都已经晚上9点多了。妮妮的妈妈早已经下班，妮妮也离开了饭店。

第三天，他们继续昨天未完成的行程。梦梦宁可待在饭店里跟妮妮一块玩，也不想坐一整天的车，跟一群老人家在一起。即使梦梦有千百个不愿意，可爸妈的命令又让她不能违背。

说真的，梦梦的爸妈不放心梦梦一个人在饭店里，虽然有妮妮的妈妈在，但是她也得上班无法24小时盯着梦梦呀！

这四天三夜的旅行现在只剩下最后一天了。这天早上，梦梦因为没时间跟妮妮一起玩而耍起性子来，还是爸妈好说歹说下她才上了车。

“今天我们中午以前就可以回来了，你就可以跟妮妮一起玩了呀！对不对，陈先生？”爸爸还刻意拉导游做保证。

“是呀，是呀！”导游陈叔叔点头如倒蒜，“妹妹，我们今天唯一的行程是坐小船出海到一个无人岛，那里很漂亮的哟！你一定要去看看。”

“是吗？”梦梦果真被说动了。

于是一行人坐上旅游大巴前往附近海域。

海上停着一艘艘仅供两三人坐的小船，渔夫早就等在那里。通常这些小船可以直接由客人划着出海，但是为了体贴同团的大多是老人家，导游才刻意安排渔夫同行。

但是偏偏有一个渔夫因为生病临时请假，因此原本分配好的船，少了一个渔夫帮忙划桨。

“没关系，我力气多得很，我来划船不成问题的。”爸

爸连忙自告奋勇地说。

“老公——”妈妈想制止已经太晚。大伙还帮爸爸鼓掌欢呼呢！

“爸爸，你真的行吗？”

梦梦斜眼看了爸爸一眼，表情写满了不信任。她知道爸爸最经不起别人怂恿了，能当个英雄似乎是他最快乐的事。梦梦爸爸当然不想让女儿看扁了，他拍拍胸脯打着包票说：

“梦梦，爸爸平常锻炼身体不是白费的。”

“可是爸爸你也不过是傍晚时出门散散步——”

“好了，好了，别多说了，大家都启程了，不快点就跟不上了。”妈妈打断梦梦的话，一马当先跨上了小船。

等他们都坐定了，爸爸也抓好船桨把船推了出去……

幸好，到那个无人岛的路程并不太远，这也是妈妈放心的原因。不过，梦梦可就没妈妈那么乐观了。船漂出去不到100米，就开始摇晃得厉害，惹得梦梦尖叫声不断。

爸爸连声安慰她说："放心啦！爸爸以前划龙舟得过第三名呢！"

"爸，那是一堆人一起划，又不是只有你一个人。而且划龙舟又不会翻船——"

梦梦说到一半，立刻被妈妈捂住了嘴，"呸呸呸……童言无忌、童言无忌。梦梦，你不要再说那些不吉利的话了。"

梦梦这才闭上嘴巴。

海面远远看来风平浪静，等真正出海了，才发现根本不是那回事。船身随着海浪起起伏伏，晃得梦梦的头都晕了。

在波涛中浮浮沉沉，他们的船与同团的队伍越落越远。

"老公，你到底行不行？"连妈妈都开始有些担心起来。

"没问题、没问题。"

爸爸嘴里这么说着，却已经是满头大汗，动作显得越来越吃力。

忽然，梦梦看到导游叔叔拿着外套朝他们用力地挥舞

着，好像想传达什么消息。

“爸，导游是不是想跟我们说什么？”梦梦大声提醒爸爸。

“别担心，应该是叫我们快点，他在那边等我们。”爸爸肯定地说。

但是在梦梦眼中却不是这样的，背对着导游方向的妈妈没察觉，梦梦却觉得导游叔叔似乎很着急，拼命在挥着衣服，几个渔夫还站了起来朝他们喊着，但是根本听不见他们在说什么？

“爸爸——好像有点不对劲！”

这时妈妈也跟着梦梦的视线转过身去。就在这时候，忽然一个大浪打来，差点把船身打翻。好不容易稳住船，梦梦看见爸爸的脸色变得铁青。

这么1秒钟的时间，船身又剧烈地摇晃起来，那些波浪不像是一般的海浪，它们更巨大，接着巨浪朝他们一波波袭来。

“梦梦！”

妈妈连忙倾身紧紧抱住梦梦，两人一块失声尖叫起来，爸爸则在一旁试图稳住船身。

无情的海浪一波又一波把梦梦他们的船推向更远的地方，拉开了与同团团友们的距离——这时天空也开始无情地下起豆大的雨滴。小小的船只能任由海浪摆布，毫无招架能力。

梦梦以为自己肯定完蛋了，窝在妈妈的怀中身体不断地颤抖着。她抬头望向爸爸，他的手里还拿着木桨跟海浪在拼命搏斗，

刹那间，梦梦觉得好感动。从来没有这么崇拜爸爸过——他就像这家里的勇士一样，为保护她们而奋战——

第五章 旅途中的意外

也许是天无绝人之路，在模模糊糊的视线中梦梦看到在浪涛间，出现了一小块陆地。再仔细一看，的的确确没错是一个海岸。

“爸！那边！”梦梦指向那头大叫。

爸爸转过来身也注意到了，使劲朝那头划动。好几次他们好像前进了一些，可又被海浪拉回到离岸更远的地方。

“爸爸加油！”梦梦不断给爸爸打气。爸爸也更卖力地划着船。

就这么跟海涛搏斗着，眼看就快无望时，忽然一个大浪打来，一股冲力把小船带人往前推——

“快抓紧船身！”

梦梦听到爸爸的声音，立刻两手牢牢地抓住船板。这时感觉整条船像被抛到了空中再重重摔下，接着像飞一样

全速前进。接着船身忽然像被拖住了，动也不动。当浪潮退去，梦梦发现不可思议的事情发生了——

那个大浪正好将他们推向了岸边。不过事情还没结束，他们还来不及高兴，另一个更高的巨浪便朝他们铺天盖地而来——

“老婆，快离开船。”

梦梦听到爸爸大喊一声，接着便抱起她没命地朝岸上飞奔。

耳边一声巨响，海浪拍击形成的巨大水珠喷了她一身，爸爸抱着她倒在地上，还好那是柔软的沙滩，要不然肯定是一身伤痕。

海浪退去，一家人虚脱似的躺在沙滩上，看着无情的巨浪把他们的船卷走。毕竟他们逃过了一劫，这已是不幸中的万幸了！

“老婆，你怎么样？”

爸爸抱着梦梦靠近一旁的妈妈。妈妈早就吓呆了，过了好一会儿才回过神来，全身不住地发抖。

“老公……发生……发生了什么事？梦梦，梦梦没事吧？”

“妈！我没事。”

这时全家人紧紧抱在一起，这一刻梦梦体会到了一家人前所未有的紧密情感。差一点，他们可能就要失去彼此了。好几次梦梦都快绝望了，但是最后还是活下来，感觉就像做了一场噩梦一样。

爸爸把一家人带到岸边的树下躲雨，望着汹涌的波涛，灰蒙蒙的一片分不出哪里才是地平线。他们惊吓得说不出话来，只能紧紧地依靠在一起。

雨势一点都没有变小的样子，他们找了个地方躲雨，但还是无法避免“滴滴答答”的雨落上肩头。梦梦早就淋得一身落汤鸡，忍不住打了个大喷嚏。爸爸见了，连忙把她搂进了怀里。

“梦梦，你冷吗？”

“嗯。”梦梦点点头。爸爸把湿衬衫脱下披在她肩上，但显然一点用处也没有，那件衬衫也早已经湿透了。到处

湿答答的，虽然离开了海里，但感觉好像整个人还泡在水里一样。

这场雨到底要下到什么时候呢?

梦梦的爸爸站了起来望向远方，希望能看到团友们的船。但前方除了一片混浊的茫茫大海外，连个鬼影子都没见到。

有谁会冒着这么大的风雨航行呢，不用想也知道。现在梦梦一家人也只能等待，希望雨能够小一点，有人能发现他们。

“老公，会不会他们已经回去了？”妈妈的声音透出了无限疲惫。

“应该不会——小陈是导游，再怎样也会尽力找到我们才对——”，爸爸虽这么说，但口气却不太肯定。

“雨这么大，大家一定回去了……”梦梦的声音细细的，很快淹没在这个大雨中。

大人们都沉默下来，眼看着被卷到远处只剩一个小黑

点的船，在海浪中忽隐忽现，最后消失在眼前。

不知道谁会来救他们呢？梦梦心里想着。随着时间一点一滴地流逝，大雨仍下个没完没了，梦梦的希望一点一点地被湮灭。

好几次，雨势好像缓了些，可没多久又刮起大风，雨又开始大了起来。眼看天色越来越黑，梦梦的肚子也“咕噜噜”地叫了起来。

“老公，难道我们就只能在这里等，一点办法都没有了吗？”

“不然我们来造个木筏。”爸爸忽然脱口而出。

但这显然不是个好点子。

梦梦跟着爸爸同时抬头望向一旁高耸的椰子树。梦梦觉得爸爸实在太异想天开了，忍不住泼了爸爸一盆冷水。

“那要用什么来砍树？”

爸爸脸上有掩不住的失望，泄气地坐下使劲地抓着头，看来爸爸也是一点办法没有了。

“看来，我们只能等了。”妈妈说。

“是呀！等等看，看会不会有人发现我们。”爸爸的嘴动了动，却有气无力的。

不知道是他们出航挑错了时间，还是真的倒霉，无端地遇上这场灾难，把原本悠闲的假期演变成了一场灾难片。

忽然，身旁的啜泣声让梦梦跟爸爸同时都转过头去。梦梦自己没哭，声音是来自妈妈。

“都怪我，抽到这什么烂奖，害我们一家人差点丢了性命。”妈妈抽抽搭搭地说。

“阿霞，你别这么说嘛！这完全是意外呀……”

爸爸不断安慰着妈妈，梦梦觉得这件事让爸爸来就好了，她实在有点闷，整个人缩成一团无助地望着灰蒙蒙的海面。

梦梦不知道时间过了多久。爸爸身上的手表泡水坏了，他们身上的东西几乎都被海浪冲走了，万一天黑了，树林

里不知道还会有什么可怕的野兽跑出来，那不就更悲惨了吗？

梦梦越想越害怕，觉得逃过了溺水的危机，不知道接下来还有什么样的危险等着他们——

就在梦梦把视线停留在妮妮送的那个贝壳手环时，心里忽然心痛起来，不知道那串贝壳礼物能不能跟她一起回家——

就在这么想的时候，梦梦仿佛听到有人在呼唤。

“爸，你有没有听见——”梦梦连忙抓住爸爸。

“听见什么？”

四周只听到海浪无情的嘶吼声。

也许只是自己的幻觉吧！梦梦这么想着。难道，她还奢望妮妮会听到她心底的声音，忽然出现在眼前吗？

但过了一会儿，换成妈妈听到了：“不对，老公，你听……”

那声音越来越大，听起来真的像是有人在呼喊。一家

人同时转头朝向声音的来处，惊讶地发现在磅礴大雨中出现一个模糊的人影，离他们越来越近……

梦梦像是见到救星一样，心情跟着兴奋起来。

爸爸立刻站了起来，把梦梦推向身后。因为不明白来者是谁，显然爸妈还是很紧张的。

那个人很快就跑到距离梦梦他们几米的地方，停了下来。只见他皮肤黝黑，赤裸着上半身，很明显就是当地人。他整个人都被大雨淋湿了，好像刚从水里捞上来的一样，但他却好像很习惯。

爸爸当然二话不说迎向前去，只见那个当地人跑到爸爸面前，“叽哩呱啦”地指手画脚，不知道在说些什么。过了一会儿，对方干脆拉起爸爸的手要他们跟他走。

“阿祥！”这时妈妈急了，急忙要上前阻止爸爸。

跟在后头的梦梦望着那个当地人，越看越觉得眼熟，好像在哪里见过……忽然间，梦梦想起来了，那不是前两天晚上在妮妮生日会上的——

“妮妮的叔叔！”梦梦立刻指向对方。

就在这时，所有的人都停下动作回头望向梦梦。那个当地人终于露出轻松的笑脸，指指梦梦又指指自己的鼻尖说：

“Yes，Nini、Nini——”

这时妈妈也好像认出他来，张大了嘴巴。“啊，这是——没错，是妮妮的叔叔——”

发现大家原来早就认识，那个当地人更不避讳地给梦梦的父亲一个热情的拥抱，让爸爸显得有些消受不起，连忙尴尬地笑着，拍拍对方的肩膀。

“啊，原来是自己人……”

“可是，这里不是‘无人岛’吗？妮妮的叔叔怎么会出现在这里？”妈妈说出了心底的疑问，接着摆出客气地姿态问。

“请问——你们住在这里吗？”

看妈妈问得这么没头没脑，梦梦赶紧拉了一下妈妈的

衣服提醒她说："妈，你说什么，他听不懂啊！"

"啊——"经这一提醒，妈妈立刻尴尬地笑了笑。但是对方显然一点都不介意，露出一口洁白的牙齿，还比画了一个要他们跟他走的手势。

梦梦仿佛是吃了一颗定心丸似的，能在这里遇到认识的人，管他是怎么来的呢，至少代表他们有救了呀！

就在这时候，在对方身后不远处出现两个人影。梦梦立刻惊呼："爸爸，你看！"一边喊一边心里还想着：这些当地人还真帅气，都不带伞的呀！

妮妮的叔叔朝他们挥舞着双手，那些人影也越来越清晰，都是当地人也都是熟面孔。因为那天在妮妮生日会上实在出现了太多的亲戚朋友，一时也分辨不出谁是谁来。

这些人迎向他们，也跟妮妮的叔叔做出同样的手势，梦梦已经不管三七二十一了，一步跳进了雨中，任妈妈要阻止已来不及。接着，妈妈也只好跟着走进大雨里，紧跟着众人的脚步。

还是妮妮的叔叔好心，随手在路旁摘了一个芭蕉叶给

梦梦当伞，梦梦觉得有趣极了，还小步蹦跳起来，跟前1分钟的心情完全两个样。她知道他们一家人得救了！没想到幸运之神这么眷顾着他们。

而且更不敢置信的是，救他们的竟然还是认识不到三天的新朋友。不过，更让梦梦不敢相信的巧合还在后面呢！

他们沿着山坡往陆地深处走去，不到十几分钟远远地就看到了一个小小的村子，让爸妈忍不住“哇”地惊呼出声。要是刚才他们试着到处走动，不就可以提早发现这里，找到人来救他们了吗？

村民似乎早就知道他们的来到，在前方已经有一排人在等着，有些人手里拿着芭蕉叶，更夸张的还有人顶着小板凳，一看到梦梦，他们立刻朝这边跑来。

“这个给你”，“这个给你”……那些村民很热心，纷纷围上前来，把手上的遮雨工具送给梦梦他们。忽然间，双手各拿片芭蕉叶顶在头上的小孩，挤到梦梦身边。

“我看你，要用两片芭蕉叶才够喔！”

那声音——当对方把芭蕉叶歪到一旁，露出半个身子时，梦梦惊喜地尖叫起来。

“妮妮！”

“哈哈……”妮妮露出调皮的笑容。

“你……你怎么会在这里？”梦梦激动得快哭了出来。

“你怎么了？”

妮妮不问还好，一问梦梦的泪水就像溃堤似的崩落。“我刚才差点死掉了……”妮妮赶紧抱住她，像个小大人似的，拍拍她的背说：“好了，好了，别哭了啦！你没事了。”

“是呀！梦梦，不用担心了，这里有这么多人帮我们，我们已经安全了。”妈妈也靠近她说。

看梦梦还在哭，妈妈接着又提醒她说：“梦梦，你再这样大家都会笑你哟！”

听到这样的话，梦梦才止住哭泣，不好意思地用手背抹着脸，把头埋在妮妮的背后活像是个害羞的小女孩。

他们跟着大人们的脚步，走向村民的房子躲雨。

路上，她忍不住问了妮妮：“你还没回答我——”

“噢，你是说我怎么来的吗？”妮妮睁着一双大眼睛盯着梦梦，“其实我跟你很有缘分啊！”

“这是什么回答？”梦梦歪着头嘟起嘴来。

“我是说，我跟你一样早上搭船过来，我是跟爸爸一起回来看爷爷的，只是我比较幸运，一大早就来了，没想到碰到这场暴雨，但是也被困在岛上。”

“爷爷？”现在换梦梦睁亮双眼，“原来你爷爷住在这岛上？！这不是无人岛吗？”

妮妮听了，忍不住哈哈大笑起来，“只有游客才以为是无人岛啦！这里的人都住在山坡的另一边，一般游客不会到的地方。”

原来如此——

“没想到当游客还蛮笨的嘛……”梦梦抓抓头，跟妮妮一块笑了起来。

看梦梦一下哭一下又笑，让妈妈忍不住回过头来瞪了

她一眼。

“说真的，不管如何，能在这碰到你，我真是一百个高兴。”

“我是一千万个高兴！”

妮妮把手环过梦梦的肩膀，两人就像连体婴一样，开开心心地用手勾着手走在一起。

“老公，你看看他们俩。”妈妈凑到爸爸身边小声说。梦梦的爸爸回头看，忍不住露出温柔的笑脸。

“看来，我们的小梦梦在这里找到失散的姐妹了——”

爸爸的话被梦梦听见，还跟妮妮互相交换了一个意会的眼神，捂着嘴“哧哧”地笑了起来。

缘分紧紧地把这两个小女孩牵系在一起，从遥远的国度，在最危急的时刻，梦梦感到跟妮妮的关系也变得更亲密了。之前受到的惊吓立刻一扫而光，有妮妮这个好朋友在身边，让她觉得似乎那一段惊险也变得很值得了，就为了到岛上跟妮妮相遇——

梦梦一家人被带到村子里，这是个非常传统的村子，还没受到外界的污染。房子是用传统的茅草、木桩修建的，虽然简陋但却有一种朴实的味道。他们被带往当地的酋长家，没想到酋长竟然就是妮妮的爷爷。

“爷爷！”妮妮一看到爷爷立刻上前拥抱，迫不及待地想把梦梦介绍给他。“爷爷，给你介绍啊，这是我最好最好的朋友梦梦。”

“梦梦、梦梦＆U＊＆％＄﹀……”

虽然妮妮的爷爷说着他们听不懂的话，但是和蔼、亲切的笑容就是最好的语言。梦梦一家人在这里得到了最热情的款待。

外面下着大雨，但小小的木屋里一点都不寂寞，那些村民们像是迎接远方来的贵宾一样，纷纷拿出家里最好的食物，妇人们在客厅旁的炉火上熬着香喷喷的浓汤。

妮妮有时在充当翻译，但他们大部分时候都是指手画脚来沟通，还别有一番趣味。

酒拿来了，客厅中央的火也升起了，把屋内人们的脸

上映得红彤彤的，更增添了一股欢快的气氛。他们不像是来逃难的，倒像是来参加一场特别的派对。

梦梦的爸爸喝多酒时，话更多了，变得很爱开玩笑，很快就跟村民们打成一片。相较之下，妈妈就显得拘谨多了，她坐在一群女人旁边看着爸爸，流露出钦佩的目光。

“妮妮，这场雨什么时候才会停呀？”妈妈转头问妮妮。

“这种暴雨，起码也要下个两三天。”妮妮摆一副经验老到的样子说。

妈妈脸上出现失望的表情，一边抓着头烦恼地说：“这该怎么办才好，我们的飞机是明天……”

梦梦看了妮妮一眼，两个人很有默契地笑了出来。

对她们来说，能多待几天那是再好不过了，那表示他们可以有更多的时间在一起了，至于怎样回去的问题就留给大人们担心去吧！

第六章 我们的约定

“你爸好有趣哟！”

梦梦跟妮妮是小孩子，被赶到了角落玩耍。妮妮望向梦梦的爸爸，在一群黑皮肤的当地人中格外得显眼。

“那是现在，你不知道平常我爸可是一板一眼的人——”

“什么是一板一眼？”妮妮问。

梦梦愣了一下，在这些生性开朗的村民的观念里，应该没有“一板一眼”这个词吧！

于是梦梦换了个词，解释说：“就是很‘严肃’的意思啦！”

妮妮好像听到什么笑话似的，用手捂在嘴上又在偷笑。“我们这里称这种人叫作‘酋长’呢！只有酋长才会有那种脸——”

“哈哈……”梦梦被她逗得笑了起来，也觉得这种称呼还挺好玩的。

“那你爷爷到底是真的酋长，还是‘严肃的酋长’呢？”过了一会儿，梦梦问。

“当然是真的酋长了！”妮妮把手插在腰际，装作高高在上的模样。

“哇！那你不就是公主了。”梦梦脸上充满了羡慕的神情。

“才不是呢！你忘了我妈妈是中国人，所以我算混血儿，混血儿是不能当公主的，要纯正的当地人才行。”

“真是奇怪。”梦梦歪了一下头，没有听懂，不都是一样的人吗？看到妮妮的脸色忽然有点暗下来，也不敢追问下去。

“好了，我们不要谈公不公主的问题，我带你去看一个东西。”妮妮拉着梦梦的手站了起来。

她们来到一个帘幕隔成的小空间，像是一个小小储藏室，里头摆着各式各样的东西，都是梦梦从来没见过的。

那些瓶瓶罐罐中有各式各样干的昆虫，如蜥蜴、蝎子、蜘蛛等。

“好恶心哟！”梦梦对着玻璃罐做鬼脸，“这些是做什么用的。”

“巫术，是巫师用的。”妮妮很坦白地回答道，吓得梦梦倒退了一步。不过她也无处可退了，再几步又要跑到帘幕外面去了。

“听起来好可怕哟！”梦梦脑海中出现了电影中非洲巫术的情节。

“不用怕啦！巫术又不通通都是坏的，也可以用来治病、帮人找回不见的东西。”妮妮赶忙解释给她听。

“是吗？”梦梦倒是第一次听到。印象中的巫术，都是拿来害人的，没想到也有这些用处。

她把视线转移到其他的地方，看到扫帚、羽毛和一些干草等，透出一种诡异的味道。她还看到一个盛着五颜六色珠子的盘子，好奇地伸出手来想拿来看看。

“不要碰！碰到会倒霉！”妮妮大声地制止，把梦梦吓了一跳。

看到梦梦紧张的模样，妮妮又调皮地大笑起来。梦梦这才知道妮妮又在耍她了，这可真让她受不了。

“我开玩笑的啦！不过，还是不要乱碰，爷爷是这么告诉我的。”

“噢。”梦梦连忙把手规规矩矩地放下。

“来！我给你看一样东西。”妮妮从堆满零碎东西的架子下，拿出了一个木盒，“这才是我的宝贝，法力无边的哟！”

“啊！”梦梦的眼睛睁得好大，充满着期待，“是做什么用的呀？”

看到梦梦那张严肃的脸，妮妮又大笑了起来。

“嗯，你又在耍我了。”梦梦嘟起嘴来，故意装作生气的样子。

“没啦……我才没骗你……是因为，你的表情实在太有

趣了呀！”

“哼！”梦梦故意把头转到一边。

“好啦，别生气嘛！我给你看我的宝贝。”

“到底是什么好东西呀！”梦梦转过头来，紧盯着木盒。

谜底终于要揭晓了。只见妮妮慢慢地打开盒子，一堆干花瓣出现在眼前，还飘散出一股芬芳的味道。

“这什么东西呀？”梦梦伸出手来想摸摸，可想到妮妮之前的叮咛，又连忙把手缩了回来。

“没关系，这个可以碰，是我的收藏品。”

“会不会碰了，就中了巫术了？”梦梦斜眼看着妮妮，觉得她会不会又在骗自己。

“不会，不会，不会到处都是法术。”妮妮把里面的花瓣一片一片地拿出来，放在地上排了起来。

梦梦也弯下腰仔细端详起来。那些花瓣有大有小，有很多是都是梦梦没看过的形状，妮妮也一一解释给她听。

就在她弯腰的时候，梦梦注意到妮妮身上挂着一闪一闪亮晶晶的东西，她好奇地盯着妮妮的胸前。

“你在看什么？”

“你胸前挂着的是什么东西呀？”梦梦好奇地问。

妮妮露出神秘的笑容，把那条“项链”从上衣里拿了出来。梦梦一下子就认出来，“那是我送你的纽扣！”

“是呀！没错！”妮妮很开心，梦梦终于注意到了，“我跟你说，我们这里有个传统，项链装饰得越长，就越能带来好运。”

梦梦看到哪条长项链上排着她给妮妮的几颗纽扣，但是绳子很长，纽扣装饰得稀稀松松的。

“你没跟我说要串成项链，要不然我就多送你一些。”

梦梦心里很感动，没想到妮妮这么珍惜她送的东西。那些不过是很便宜、没什么价值的物品。

“没关系，反正以后多的是机会呀！”妮妮说。

“机会？”梦梦有点搞不懂，“可是，等雨停我就要回

家了——”

“傻瓜！”妮妮牵起梦梦的手说，“你回去之后，我们还是可以继续通信，你可以把纽扣当成礼物放在信封里寄给我。”

“噢，对啊！我们还可以通信。”梦梦笑着，“而且，我回去以后马上先寄一大罐纽扣给你——”

“不行！不行啦！”

“为什么不行？”

“就是要一次寄一点点，这样才有纪念性呀！”妮妮把纽扣翻了过来，凑近梦梦的眼前，“你看！我在每一颗纽扣上都有作了记号，知道是什么时候收到的礼物。”

“是这样呀！”梦梦抓抓头，“我还以为一次给你串成长项链，这样就会很幸运哩！”

“不是这样的，是时间越久，福气越大。”妮妮笑眯眯地说。

“没想到巫术这么复杂……”梦梦抓抓头，傻乎乎地

说。这句话换来了妮妮的甜甜一笑。

“那我们每年生日跟新年时都来交换礼物，你可以寄纽扣给我，我也会寄礼物给你。”

“就像是一种游戏，对不对！”梦梦天真地说。

妮妮停顿了一下才点点头，说：“是的，就像是一种游戏。”

雨下得越来越大了，屋外却出现了一阵奇怪的叫喊声。

“那是什么？”梦梦从木板墙壁的缝隙望出去，看到外头有几个人在雨中转圈，不像是跳舞，到像是某种仪式。

“是我们的法师带着村民跳‘太阳舞’。祈祷雨快点停，阳光快点出来。”

“哈哈，还真有趣。我只听过‘求雨舞’，从没听过有什么‘停雨舞’的……”梦梦觉得有趣，趴在缝隙上又多看了一下。

没想到她一回头，妮妮已经把花瓣摆了一个奇怪的

形状。

“这又是什么？‘停雨花’吗？哈哈……”梦梦很快就学会妮妮开玩笑的方式，还抱着肚子，笑到跌倒在地。妮妮忍不住瞪了她一眼，用力地拍了她一下。

“这才不是呢！”妮妮这时忽然正经了起来，把脖子上的那串“项链”拿下来，放在中间，接着跟梦梦要她戴着的贝壳手环。

“你在做什么？”

“像这样把我们的礼物摆在花瓣中间，可以祝福我们的友谊长长久久。”

梦梦听了好感动，原来妮妮是要做这种“法术”呀！她真的很重视她们的友谊。

接着，妮妮抓起梦梦的手要她闭上眼睛，一起真心祈祷着：“希望我们的友谊可以永永远远……”

忽然有股微风轻轻拂过梦梦的脸庞，感觉很舒服，心情也变得舒畅。也许，这法术真的生效了，她衷心地希望

着……

梦梦不知道自己什么时候睡着的，睡去的时候她一手还抓着妮妮，两人躺卧在花瓣与她们交换的礼物中间。

夜渐渐深了，小隔间外的大人们躺下的躺下，回家睡觉的回家睡觉，梦梦的爸爸也醉倒在一旁，就在妈妈躺下去时，忽然想到了什么弹跳起来。

“梦梦呢？梦梦！”她发现梦梦不见了，开始紧张起来。

“梦……梦……？”本来昏昏欲睡的酋长，被梦梦的妈妈这一叫也立刻清醒过来。他往周遭看去，妮妮也不在周围。他立刻想到了一个地方，拉起梦梦妈妈的手来到帘幕旁，伸手拉开帘幕，两个女孩正缩在里头睡得香甜呢！

“别担心，有神灵在照顾他们。(外语)”酋长微笑着对梦梦的妈妈说。

虽然梦梦的妈妈听不明白酋长说的话，但看到那个画面也忍不住露出会心的一笑。

“没事就好，没事就好。”

梦梦的妈妈朝酋长点点头，彼此交换了一个会意的微笑。过没多久，她也在老公身边睡着了。

梦梦做了个梦。

她梦到和妮妮手牵手飘到白云中间，她们像长了翅膀那样轻盈地飞，在云朵间跳跃嬉闹。

在云朵上还有一座座花园，跟皇宫一样华丽的房子，也有和当地人一样的茅草屋，他们所碰到的人都是在快乐地唱歌跳舞，一副无忧无虑的样子。梦梦觉得好快乐……

无意间，梦梦往云朵间瞄了一眼，发现在很远的距离下像棋盘一样的格子挤满房子，人车跟蚂蚁一样小。忽然间她感到一阵恐慌，不敢跳到另一片云朵上。这时看到妮妮在对面向她招手：

“快过来呀！梦梦——”

但是云朵底下也传出呼喊她的另一个声音：

“梦梦！梦梦……”

接着，她的身体又被人轻轻地推了推。

“不要吵我……”梦梦翻了个身。却听到严厉的一声叫喊：

“快起来啦！梦梦，雨已经停了。”

“停了？什么停了……”梦梦睁开眼来，嘴里还喃喃念道。恍然间，她以为还在家里。

一道刺眼的光线从墙壁的缝隙透过来，她连忙坐了起来大喊：“几点了，我上学快迟到了。”

“你这傻孩子，上什么学？我们还在大溪地呢！”

抬头一看，妈妈一副好笑的模样瞪着她。低头一看，她根本是躺在地上，脸上还沾着干掉的花瓣。

她听到“哈哈”的笑声，转头一看，妮妮正盯着她，露出那惯有的甜蜜笑容。

梦梦又发起“懒惰病”来了，往地上一躺，耍赖说：“又不用上学，让我起晚一点嘛！”

“什么！”接着听到妈妈“河东狮吼”起来，“你不想

回家了吗？导游已经带人来接我们了。”

“啊？！”梦梦立刻又坐了起来。

果然，她听到了屋外喧闹的声音。妮妮抢先一步跑了出去，梦梦也跟在后面。

来到屋外，导游跟两个当地人早已等在那里，爸爸则站在一旁不知道跟导游说些什么，一看到梦梦便把她叫了过来。

“梦梦，我们可以回去了，开不开心。”

“开——”梦梦才刚燃起雀跃的心情，立刻又熄火了。她转头望向身后的妮妮。妮妮站在爷爷旁边，隔了一段距离望着她。

忽然，梦梦念头一转，拉着爸爸的衣角说：“爸，我们可不可以在这里再住两天，我很喜欢这个地方。”

“你说的是什么傻话呢？我们好不容易可以回去，导游叔叔忙着张罗，尽快赶了过来，你怎么又想留下了？”

梦梦低下头没有回答。

这时她听到身边的脚步声，妮妮打着赤脚来到她身边，对着她说："梦梦，你还是听爸爸妈妈的话，先回去吧！"

"可是——我想留在这里，跟你在一起。"梦梦说着说着，泪水涌出眼眶。

这时导游连忙想了个主意，"要不然，妮妮可以跟我们一起回岛上，反正我们有三条船够坐的。"

导游大方地让妮妮和她的爸爸一起搭船回去，这才让梦梦答应上船。梦梦连坐船都要跟妮妮腻在一起，短短的一小时行程，梦梦却希望现在有个大海浪再将她推回那个岛上。但是想象毕竟是想象，现实却往往跟人们所期待的相反。

"没想到那个'停雨舞'还真有效。"梦梦在船上对妮妮说。

妮妮笑着回答："现在，我还真希望没有跳那个舞……"

"说得也是。"梦梦有些难过地说，"要不然，我就可以在岛上多停留几天。"

“但你爸妈可能会疯掉。”妮妮又露出那种调皮的口气。

梦梦忍不住被逗得笑了出来。看来妮妮还真的有巫术，那种有办法让她开心的“巫术”。

“对了，这个还你。”妮妮拿出了贝壳手环，梦梦这才想到刚才太匆忙了，差点忘了这个最重要的礼物。

“谢谢。”

“还有这个送你。”接着妮妮又拿出了装花瓣的木盒。

“这不是你很重要的东西——我不好意思收啦！”

“没关系，我真的希望你能收下。”妮妮很诚心地说，接着眨了一下眼睛调皮地说，“那你以后就可以施展我教你的法术哟！”

“嗯？”梦梦小心翼翼地把木盒捧在手心上。“那花瓣还在里面吗？”

“嗯。”妮妮点点头。“我怕你忘掉，还画了一张图在里面。你以后只要照我昨天做的方法，那我们的友谊永远都不会散掉。”

“我一定会照着做的。”梦梦很认真地回答说。

“我也会在这里做同样的动作，也顺便为你祈祷。”

“那太好了！”

梦梦感动得都快哭出来了。这是她从未感受过的深刻情谊，如果不是那张意外的抽奖券，她不会来到这里，更不会碰到像妮妮这么特别的朋友。

那时梦梦还小，不知道“缘分”是什么，只知道她就是对妮妮有着特别深厚的感觉，从第一次见到面时就对她印象深刻。那种说不出来的感受，只有她们两人最为清楚。

就在这时候，船也快靠岸，这趟旅程也快结束了。

眼看就要跟妮妮道别了，梦梦感到特别难舍。连爸爸都很惊讶，这两个认识没几天的小女孩，怎么这么快就变得像连体婴一样，难舍难分了呢？

“好啦！梦梦，快回房间整理东西了，待会下来还有时间跟妮妮道别。”妈妈催促着梦梦。

梦梦这才依依不舍地向妮妮挥手道再见。

梦梦走了几步又回头，妮妮还站在那里跟她挥着手，她也不断地回头，直到电梯门把妮妮的身影关在外面。

“爸爸，我好喜欢妮妮，真希望她能跟我们一起回去。”梦梦在电梯里神情有些落寞。

“别傻了，妮妮也有她的爸妈呀！如果她跟我们走了，她的爸妈一定会很难过的。”爸爸说了些道理给她听。

“说得也是。”梦梦低下头，但还是觉得心情很沉重。

“好了，我的小宝贝，以后我们有机会可以再来呀！你跟妮妮又不是一辈子不可能再见面了。”爸爸给她打气说。

听到这句话，梦梦的眼睛亮了起来，“我们还可以再回来？！爸，你答应了啊，不能说谎哟！”

“这——”爸爸发现自己话说得太大了，连忙跟妈妈交换了个眼神，两个人都没有再多说什么。

其实能不能再来，对梦梦的爸爸心底还是个问号。因为这一趟旅程的花费不算便宜，尤其对他这样一个小职员来说。但梦梦却以为爸爸给了承诺，还在那兴高采烈，认为自己会很快就再回来跟妮妮相会。

第七章 遥远的祝福

梦梦很认真地收拾东西，还催促爸妈动作快点，因为她想着要早点下楼跟妮妮说再见。

当电梯门一打开，梦梦第一个冲出去，却发现大厅里只有妮妮的妈妈站在那里。

“妮妮有点不舒服，我让她先回家休息了。”妮妮的妈妈对梦梦说。

“哎呀！她是不是感冒了？”梦梦的妈妈抢先一步，关心地问。

妮妮的妈妈轻轻地点点头。

“希望她能早日康复。”梦梦的妈妈走上前去握住对方的手，“还有，真的感谢你们给了我们许多照顾。”

“不谢。”妮妮的妈妈诚心地回道。

梦梦很奇怪妈妈怎么会知道妮妮感冒了。路上妈妈才告诉梦梦：“你真是遇到一位好朋友了，昨天晚上妮妮把唯一一条毛毯给你盖，害得她自己感冒了。”

梦梦低下头来，被深深地感动了。

“好了，等回家后再写封信跟她道谢吧。我们再不快点，又错过航班了。”爸爸搂着梦梦的肩膀说。

梦梦突然挣脱了爸爸，回头跑到妮妮的妈妈面前，说：“请你一定要告诉妮妮，我一定会再回来看她的。”

妮妮的妈妈也被这两个小女孩的情谊感动了，眼眶漾满泪光：“谢谢你，你真是个好孩子。妮妮知道了一定会很开心的。”

再见了，妮妮！再见了，可爱的小岛！在飞机上，梦梦内心激动，带着满满的祝福跟情谊，回到了属于她的世界。

刚到家，梦梦一进房间不是先整理衣物，而是先把妮妮送的木盒拿出来。果然里头有妮妮用木炭简单描出的一个图形，就跟那晚妮妮摆出的图形一模一样，让梦梦好

怀念。

她依样在地上摆好花瓣，再把手上的贝壳手环放在中间，心里默默希望把思念传送给妮妮，也默默地祝福她早日康复。

她这种举动让不小心推门进来的妈妈看到了，还被数落了一顿。但是妈妈怎么会知道，妮妮在她心里有多么重要。做完这些后，梦梦感到稍微安心些，似乎感觉到妮妮已经接收到她的信息了。

梦梦写第一封信时也格外慎重，还拿给爸爸过目，希望没有写错字什么的。

但爸爸的反应却是这样的：“你觉得妮妮会看得懂吗？”

“可是妮妮会说中文呀！”

“这并不表示，妮妮可以看得懂这么多中文字，你还是用最简单的意思表达。”

梦梦听了也觉得爸爸的建议很有道理，于是信中除了中文字外，还画了简单的图画。

第一封信寄出去了，梦梦每天都在期待着妮妮的回复。

“妈妈，有没有我的信？”

“不会这么快啦！你不是昨天才把信寄出去？”妈妈提醒她。

第三天、第四天、第五天梦梦都在追问，一直到第六天……妈妈已经显得不耐烦了。梦梦却还是每天等在信箱旁边。

她坐在家门前，邻居小宝拿着一个皮球经过，在梦梦面前停了下来。

“梦梦，要不要跟我们玩球？”

“不要，我在等信。”

小宝抬头看着满天的晚霞，一脸迷惑地问：“可是——已经傍晚了，邮递员不是下班了吗？”

“那可不一定，有重要的信，邮递员一定会送的。”

“噢。”小宝听了，只好拍着球离开。

第二天清晨五点多，梦梦就又坐在信箱旁边开始等。

附近的老奶奶经过时问："梦梦，起这么早呀？要跟奶奶去散步吗？"

"早呀！奶奶，我在等信，不能去。"

"等信？"老奶奶也一脸疑惑，"可是这么早，邮递员还没上班呢！"

"那可不一定，说不定有的邮递员早晨起来运动，顺便送信呢！"

老奶奶只好无奈地摇摇头走开。

爸妈对梦梦这么疯狂而执着的行为很无奈，讲了好几遍也没用，只好由她去了。毕竟这是暑假，属于小朋友玩乐的时间，就当成是梦梦的一场游戏吧！

但他们不知道，梦梦却是很认真的。

终于在第八天，梦梦收到了那封来自遥远国度的信。收到信的时刻，梦梦竟开心得尖叫起来。

"妈，我收到信了！妮妮回信给我了！"

梦梦大叫着跑进客厅，妈妈也连忙走了出来。

“真的吗？”

“妈，你看！”梦梦把信拿在手中挥舞着。

那是一个纸边发黄的信封，里面的信纸也像是放了很久，但背面却很细心地粘好，平整得连小蚂蚁都钻不进去。封面字体歪歪斜斜地写了“李舒梦”三个大字，每个字体都不一样大小，感觉不太像是字而是画上去的符号。

自从上次的意外发生后，妈妈对妮妮一家人一直心存感激，对梦梦跟妮妮的友谊也非常重视。当梦梦好不容易收到来信时，她格外地替女儿高兴，在一旁陪伴着。

“快看看，妮妮写了些什么？”妈妈说。

“可是——好难打开……”

看梦梦要动手撕开信封，妈妈连忙制止她，到房间拿了一把拆信刀细心地把信封割开。

梦梦抽出信纸时，随信掉出了几片美丽的花瓣。妈妈也小心翼翼地把花瓣捧在手心上。

“好漂亮的叶子……”

“妈，那不是叶子！是花啦！”梦梦纠正说。

“啊？是花不是叶子吗？长得还真跟我们这里的花不一样……”

梦梦看了妈妈一眼，觉得妈妈真是“老土”呢！

接着她打开信纸，里头的内容可精彩了——妮妮在一开始画了个笑脸，然后内文是中英文夹杂。幸好是很简单的英文单词，妈妈还能勉强读得懂。

“妮妮说什么啦！她说什么？”梦梦着急地问。

“嗯……她说她现在很好，感冒已经好了，还可以跟爸爸去抓鱼——”

听妈妈念着信，梦梦的脸上洋溢着甜美的笑容：“真棒！梦梦还会抓鱼呢！”

“还有——她要谢谢你送她的纽扣，现在把它跟之前你送的串在一起……”妈妈念到这忽然停了下来，转头问梦梦，“什么纽扣呀？你在大溪地时送过她？”

梦梦心虚得连忙把头低下。不过妈妈不是笨蛋，一下子就猜了出来。“原来——我跟你爸衬衫上的纽扣都是你拆掉的。”

妈妈反应过来，皱起眉头瞪着梦梦。

梦梦连忙作了个鬼脸，撒娇起来：“妈，你别生气嘛！那是送给我们的救命恩人的礼物，一点小东西算什么呢？”

“可是至少要先问过爸爸妈妈呀！害妈妈差点没衣服穿。”

“好啦！妈，你别生气了嘛！”梦梦赶忙转移母亲的注意力，“你再继续往下看，妮妮还说了些什么？”

妈妈叹了口气，觉得真和这个小女儿说不通。接着也只好继续看起信来，一个字一个字仔细念给梦梦听。

“这里面提到的花瓣、巫术，是怎么回事？”妈妈念到一半，不禁好奇起来。

梦梦愣了一下，急急忙忙把妈妈手上的信抢过来，说“这你就不要管了，是我跟妮妮之间的秘密。”

“哎！你——”

为了不让妈妈再有开口的机会，梦梦奔向房间，把妈妈跟她的问题一起关在外面。

果然妮妮收到她发出的信息了。梦梦开心地想着，那个花瓣的图阵还真有效呢！接着她连今天妮妮送的花瓣又一起摆了出来，和以前一样的做法，心里默念着，把内心的祈祷送给了远方的好友。

那个夏天，梦梦写了好多封信，也不管什么生日、节日，只要有空就拼命写信，每封信里还不忘附上了一颗闪亮亮的纽扣。

梦梦几乎沉迷于与妮妮通信，每天收到信，就是她最高兴的时刻。

以前不喜欢跟妈妈到菜市场的梦梦，也一反常态，一早就赶忙黏着妈妈要跟着去买菜。到了市场，她的眼睛四处搜寻哪有卖纽扣的地方，拉着妈妈要买些纽扣寄给妮妮。

向来很节省的妈妈，也感念着妮妮一家人的恩情，破例愿意花点小钱买单。

“哎呀！你女儿这么小就学做女红了呀！”

卖针线的阿姨看到梦梦，都这么开玩笑。

“唉，有这么能干就好了！”妈妈忍不住苦笑着说。

梦梦才听不进去那些大人的闲话，她满心想的是，要挑那些最大最美的纽扣给妮妮呢！

不只是附上了纽扣，原本画图画得乱七八糟的梦梦，也开始认真地涂鸦起来，希望能用图画来详尽表达，让妮妮知道她现在的生活。

地上常常摆满了她的图画纸，让爸爸每次回家得小心才不会踩到。爸爸每每忍不住笑着摇摇头说：“你这样画下去都可以参加绘画大赛了。”

爸爸知道梦梦是认真的，也随她去。因为他也知道，要不是妮妮他们帮忙，恐怕今天一家人也无法安全回家。

“爸爸，我们什么时候还会再去大溪地呢？”

梦梦常常问爸爸。

“不是刚回来吗？”爸爸总是很有耐心地回答说。

倒是妈妈很严肃地对梦梦说：“你知不知道去那里一趟很贵的，上次是因为中了奖券，如果是自掏腰包怎么可能跑到那么远的地方。”

“那我们再来收集奖券。”梦梦兴致勃勃地说。

“好啊！要是幸运再度降临的话，妈妈也没话说。”

妈妈有一搭没一搭地回着，其实心里清楚得很，以他们家小康的经济状况，要去一趟大溪地旅游本来就不是简单的事，更何况是这么昂贵的旅行。更何况像上次一样的幸运中奖概率，更是少之又少。

但年纪还小的梦梦哪知道大人的心思，她开始学着妈妈收集各种奖券，简直比妈妈还要疯狂。但这些行动也随着暑假结束，而被抛在一旁了。

时间一天天过去了，暑假结束梦梦回到了学校。她迫不及待地把这段旅程跟同学们分享，尤其是跟妮妮的友谊。

同学们听得津津有味，特别是暴风雨那一段惹得他们惊呼连连。

“我差一点就沉到海底喂鲨鱼了。”

“哇！好可怕——”听到这里胆小的女同学还捂起脸来。

“你好勇敢啊！”突然同学中有人这么说，其他同学也跟着称赞梦梦，把她当“英雄”一样看待，这让梦梦觉得开心极了。

她从没想到，这一趟简单的旅行会给她带来这么多宝贵的经历，尤其是跟妮妮的友谊，更是让同学们羡慕不已。

同时，同学们也感受到了梦梦的转变。现在的梦梦不再像以前一样老是摆出一张臭脸，老是爱吐嘈别人。她变得很爱笑，也懂得赞美人了。这些态度再加上梦梦描述的

精彩的旅行故事，让她大受欢迎，不知不觉中人缘大为改善。

“梦梦，我家有些不要的衣服，我帮你把纽扣收集起来。”同学们听了她和妮妮的故事后，纷纷送给梦梦纽扣，寄给她远方的朋友，这让梦梦很感动。

于是，梦梦又有很多纽扣等着送给妮妮了。

在梦梦讲述的故事中，唯有一样梦梦保留了，那就是用花瓣来传递心意的技巧。因为那是她跟妮妮之间的秘密。

现在，梦梦在班上受到的待遇已经大不相同。每到下课时间，不是她主动找同学玩，而是同学主动邀她，有时同学还因为要抢着跟梦梦玩而吵了起来。

“梦梦跟我们一起玩跳绳好吗？”

“梦梦，来玩跳房子，跳房子比较好玩——”

会有这样的转变，不只老师觉得惊异，连梦梦也很吃惊。记得以前那些人都避她唯恐不及的，怎么忽然间她就成了最受欢迎的人了。

不管她讲了几遍，下课时还是有同学想听她说旅行故事，似乎百听不厌。

其实真正改变梦梦的，并不在于那些精彩的旅行故事，而是她的性格。受到妮妮的影响，不知不觉中她也变得开朗、体贴了。同学们都喜欢主动上前跟她说话了呢！

“梦梦，很抱歉我以前常常做些对不起你的事……”

那天上学时有莉跑过来告诉她。

“什么对不起我的事呀？”

“就是——就是——”有莉很勉强才说出，“我常常没站在你这边，甚至在同学排挤你时，跟她们站在一起偷偷说你坏话。”

梦梦听了，大方地拍拍她的肩膀，“没关系啦！不只是你，现在想起来，我都很讨厌以前的自己。”

有莉听了放松地笑了：“梦梦，你真的变得很不一样了呢！”

“是吗？”

“嗯，我好喜欢你现在这个样子啊！以后我们可不可以天天一起上学。”

“当然好哇！”梦梦开心地回应。

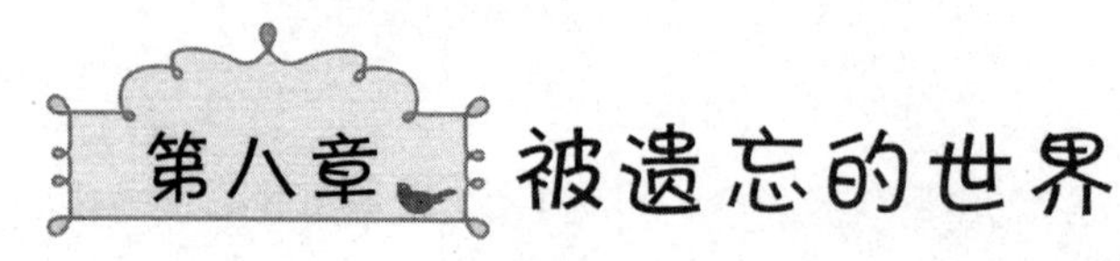

第八章 被遗忘的世界

刚开始，梦梦放学一回到家，就会先想些要写给妮妮的话，连假日都很少出去。

后来慢慢地，同学们经常来找她玩，梦梦一开始是不好意思推拒，到后来变成了很喜欢跟同学们出去。至于给妮妮的信，就留到有空再去完成。

暑假过去了，寒假来了，又是另一个新的暑假。她跟妮妮往返的信件，从一星期一封到半个月、一个月一封，到后来该回的信摆在桌上，两个月了还没寄出去，换成了要妈妈来提醒她。

“梦梦，你回妮妮的信没有？”那天梦梦抓起了帽子打算跟同学去游泳时，妈妈问。

“我今天没空，明天再说啦！”

梦梦说完，大门已经“砰”的一声被关上，留下妈妈

手里还捧着那封信，心里感慨着：这女儿怎么凡事都只有三分钟热度，去年这个时候，还一天到晚期待着妮妮的来信，没想到转眼间已经冷却下来。

望着那封信，她突然很好奇地想瞄一眼，看妮妮写些什么给女儿——

这一瞧之下，却让她大惊失色。

前面妮妮提到了许久没收到梦梦的信了，很想念她之类的，但后段却提到了爷爷过世的事情……

爷爷？不是那个在岛上收留他们的酋长吗？

妈妈看了大惊失色，连忙追出家门，但梦梦已经跑得无影无踪。当下梦梦的母亲决定直接到游泳池找她。

梦梦在游泳池跟同学玩得正开心时，忽然看到妈妈出现，脸立刻沉了下来。

“妈！你干吗跑来啊！”被妈妈从游泳池里叫出来的梦梦，非常不高兴地说。

“你快回信给妮妮——”

原来是这件事，还以为是出了什么大事了，看妈妈一副紧张兮兮的样子。

“妈，那信又不急，明天再回不就行了——”梦梦没好气地说。

妈妈深吸了口气，把信递到梦梦面前说：“妮妮的爷爷过世了，你说这不是大事？！他还是我们的救命恩人呢。”

妈妈还没说完，梦梦觉得耳朵“嗡嗡”一阵响，再也听不进去了。她急着把信抢过来，才看到一半已经红了眼眶，深深地内疚了起来，尤其是念到那一段：

“爷爷过世时，我好难过，第一个就是想到你，要是你在这里该有多好，要是有你陪我，我就不会感到这么难过了……

我有摆花瓣仪式，不知道你收到了我的心意了吗——”

梦梦二话不说，连忙换了衣服跟妈妈回家。

关在房间里，梦梦拿出抽屉里妮妮先前写过的两封信，

她连拆都还没拆封。看着那些信，她的泪水决堤而出，心里深深地自责。

妮妮是这么重视她们的情谊，而她却忙着跟朋友、同学玩耍，把她们之间的约定抛到九霄云外去了。在妮妮碰到这么重大事件的时候，她竟然没能尽一个朋友的责任去安慰她，还自顾自地逍遥，她实在是太糟糕了。

要不是有这封信的提醒，梦梦几乎快辜负了妮妮对她的期待。

那天，她很认真地写信给妮妮安慰她，还把自己大衣的纽扣拆了几颗下来附在信上，希望用最贴身的物品传递她的祝福。在把信寄出之后，梦梦才稍感到安心。

之后，她们的通信又频繁起来，每年两人的生日跟新年，还是照着原来的约定互相交换着小礼物。

随着年龄的增长，她们送彼此的礼物也改变了。

梦梦有时会送妮妮一些可爱的耳环，妮妮则送她自己做的小工艺品。梦梦小心地把工艺品放在窗台上，好时时提醒她有这个可爱的朋友，不要再像以前一样，把她给遗

忘了。

妮妮就像是她在另一个世界的知己，每当她有不开心或是快乐的事情，都用笔把它记下来，告诉这个远方的朋友。而妮妮每次的回复总是那么贴心，跟她的想法一模一样，这让梦梦更加珍惜，也庆幸没有因为自己的大意，而失去了这个朋友。

她们虽然相聚短暂，但是随着时光的飞逝并没有拉开彼此间的距离，她们的心还是紧紧地贴在一起。

“那个好讨厌哟——”

当她写下这句话时，仿佛也能看到妮妮跟她一块做着怪表情。

这难得的友谊一直维持了很久很久……梦梦在初一那年，妮妮还寄了一张照片来，说是一位游客帮她拍的。

她形容那个外国男孩长得很帅，年纪也跟她差不多，她觉得自己喜欢上那个男孩了。于是那段时间她们的通信又勤了些，内容充满着小女孩的浪漫情怀。

几年过去了，虽然维持着通信。但梦梦期待能跟妮妮在海岛相会的机会，似乎越来越渺茫。

等她慢慢长大才知道，以爸妈的能力去一趟大溪地，可能要花费掉他们几个月的生活费。她们只能借通信来维持彼此的情谊。希望有一天，自己有能力时可以再回去和老朋友相会。

妮妮的信陪伴着梦梦长大，一直到忙碌的中考前，升学压力渐渐地让她无心在通信上。有一次，她甚至忘了生日说好要交换礼物。直到收到妮妮寄给她的生日贺卡才忽地想起，连忙补了个卡片给她。

在梦梦的记忆中，随着时光的消逝，妮妮的身影已经逐渐淡去，淡得让她几乎忘了她孩童时的模样。

虽然，妮妮依然没有忘记一年两次的贺卡跟小礼物，但梦梦却经常忽略掉，甚至还随便寄张卡片道歉便草草了事。

升入高中以后，梦梦渐渐有了属于自己的生活圈跟好友，过去习惯跟妮妮倾吐的话，也变成了跟其他朋友分享。和妮妮的通信成了形式，她再也没有像过去那么重视这

段友谊，把跟妮妮那段当成了小时候的回忆，渐渐不放在心上。

除了那一年收到两次的贺卡，还提醒着她“曾经认识过这个女孩”。

“梦梦，你现在过得好吗？好久没听到你聊生活上发生的事了，真的很想念你……”

那天生日前，梦梦才开开心心地跟同学们聚餐回来，就发现摆在书桌上的这封信。她拆开看了没几行，便累得呼呼大睡，信纸从她的手中掉落，静静地躺在地上——

第二天，梦梦赶着去上课，几乎忘了这封信，还不小心被踢到床底下去了。

现在梦梦跟有莉成了好朋友，从小学到高中，她们都在同一个学校，玩在一块。虽然这种感情跟妮妮那种知心很不一样，但正值精力旺盛的年纪，梦梦需要的是能在一起的同伴，于是，很快就把小时候那种单纯的想法忘得一干二净。

“梦梦，这个暑假你要做什么？”一天，有莉问。

“没想到呢！你呢？”

“我爸说要带我们全家到你那个‘印象中的朋友’的家乡去玩。”有莉故意绕了个大圈子说。

“印象中的朋友？”梦梦过好一会儿才意识到，连忙说，“什么？！你要到大溪地？！那不是很贵吗？”

“我爸公司招待的。”

“你爸的工作好好哟！还能招待全家去旅游，而且是去那么远的地方。”梦梦羡慕地说。

经有莉的提醒，梦梦尝试着去回味对那里的印象，却已经淡得快想不起来了。

连有莉问她有哪些地方好玩，她都说不出来呢！

“你呢？”有莉打断了她的思绪，“暑假有什么计划？”

“我？可能去打工吧！我阿姨开了一间餐厅，说可以让我去帮忙。”梦梦有气无力地回答。想到朋友可以去度假，而她却只能跑去工作，心里实在有些泄气。

“那也不错呀！”有莉鼓励她说，“你不是一直想存钱

去大溪地，这不是很好的机会？”

“去大溪地？！”梦梦从鼻孔轻轻地哼了一声，“那是小时候不懂事许下的愿望啦！”

“是吗？”有莉想起小学时梦梦几乎把那里的经历，天天挂在嘴边，没想到现在却已经连提都懒得提了。

她过了好一会儿，才又问：“那现在的愿望呢？”

梦梦毫不犹豫地摇了摇头：“我可能存了钱想去学大提琴。”

“好崇高的梦想哟！真叫人尊敬呀！”

梦梦知道有莉是故意开她玩笑的，假装举起拳头要捶她，有莉这才求饶地说：“对不起、对不起，我知道我错了——不过，你真的不想去探望那个大溪地的好朋友吗？”

“我想——那不过是小时候太梦幻的想法吧！也许她只是我想象出来的一个朋友而已。事实上，她的生活离得我好远好远，我连她现在在干什么都不知道。”

梦梦的口气有些满不在乎。

“可是你们不是还常通信？”

“好久没有了呀！”梦梦想起堆在床底下的那些信，有些她甚至连拆都没拆就丢在一旁。

“好了，没关系啦！我这次过去会帮你打听打听，说不定会见到你那位好朋友！她妈妈在饭店上班，这应该很好找才对。”

梦梦听着没有回答。有莉的话忽然有些唤起她小时候的记忆。妮妮把饭店当作游戏场，在里面东跑西颠的画面——

之前模糊的记忆，越来越清晰了起来，妮妮那褐黄色的头发、亮晶晶的大眼睛、笑起来露出的一口洁白的牙齿——仿佛就在她的眼前。

“梦梦、梦梦……”

有莉叫了她好几遍，她才回过神来。“什么？”

“你在发什么呆呀！你的教室已经到了。”

“噢。”

梦梦像游魂一样飘进了教室，一整天脑海里都是妮妮的身影。

那个暑假，梦梦到阿姨的餐厅打工，忙碌的生活让她每天都筋疲力尽，提不起劲去管其他的事了。

她也搞不清楚有莉什么时候去大溪地，心想着反正有莉藏不住事情，如果有任何消息一定会迫不及待地通知她。

一个月过去了，梦梦在餐厅的工作逐渐上手，还被阿姨夸她又勤快又能干。不过，梦梦最在乎的还是账户的存款，看着存款增加，离去学大提琴的目标更近了些。再加上前两天爸爸保证，只要梦梦存够学费，他愿意支付购买乐器一半的资金。看来，这个暑假过完，她就可以去上最爱的大提琴课了。

那天，梦梦快下班时看到餐厅外面有个人探头探脑的，她一下子就认出是有莉。

“有莉？你不是去大溪地了吗？怎么这么快就回来了。”梦梦连忙开门请进来。

“是……是呀！你快下班了吧？”

“是……”梦梦皱了一下眉，狐疑地望着她。

“我一回到家放下东西就赶过来看你——”

“怎么了？有什么事这么急，到我家等我不就好了。”

“没啦……是我……”

“很想我是吗？”梦梦调皮地开了个玩笑，“好啦！再有十分钟，等我把杯子洗完就可以走了。”

“我看，我还是到外面等好了。”

有莉说完又走了出去。有莉在门外不断地来回踱步，梦梦很少看到她这么焦躁的样子，心里隐隐有些不安。于是赶忙跟阿姨说一声便离开了。

“到底是怎么回事？”梦梦问。

有莉低下头沉默了一会儿，才抬头说：“是关于你那个朋友——”

“妮妮？！她怎么了？是生病了？还是……”梦梦忽然紧张起来，抓住有莉的手臂问。

有莉还是摇摇头。

“到底是怎样了？快说呀！”

平常有莉不是这样的，她向来是有话直说很干脆的一个人，现在忽然扭扭捏捏地，让梦梦更加焦急起来。

“我不知道怎么跟你说……因为，根本没有妮妮这个人。”

听到有莉这么说，让梦梦吓了一跳，放开她的手退后了一大步。

“什么？！你说什么？你是跟我开玩笑的吧！”

第九章 迟到

“是真的。”

有莉用力点点头，试着解释清楚：“我到你提过的那家饭店问，没有人认识妮妮，也没有这么一个阿姨在那里上班。他们说那里所有工作人员都是当地人没有华人……”

“不可能的呀！妮妮的妈妈的的确确是在那里工作呀——”梦梦这下子也被搞糊涂了，“你到底问清楚了没有？”

她再确定了一遍。

“是真的，我连续去了好几次。他们都说一样的话，而且我真的没有看到你所形容的那个阿姨。然后——”

“然后怎样？”梦梦紧张起来，又抓起有莉的手。

“最后一次我打算离开时，旁边有个正在除草的年轻人叫住我，问我是不是打听一个华人小女孩的下落……”

“他怎么说？”梦梦紧张地抓住有莉的手问。

“他说，几年前有个当地小女孩跟游客出海，掉到海里淹死了，这新闻闹得很大，不知道是不是我找的那个女孩……”

梦梦专注地听着，听到后来全身都起了鸡皮疙瘩，心跳也越来越快，觉得整个人都快不能呼吸了。

“这是不可能的！”

梦梦从齿缝迸出这一句，声音大到连有莉都被吓了一跳。接着她像是着了魔一样喃喃自语起来：“不可能的……这太夸张了！那不可能是妮妮……”

接着她又猛地抓住有莉的手臂，那眼神把有莉吓了一跳：“这几年妮妮都一直有给我写信，不可能是她的！”

“梦梦！梦梦——”有莉的表情有些痛苦，“你抓痛我了。”

“噢……对不起。”这时梦梦才放开手，无力地垂着头，但口中还是念叨着，“不可能，不可能的，她一直都有写信给我呀！”

“你确定……那些信是她写的吗？”

有莉的话像是当头棒，打醒了梦梦。

“一定是——当然——”梦梦口气却变得很不确定，“算了！我先回家了！”

走了几步，梦梦又回头丢下一句：“反正，那女孩一定不会是妮妮，我会写信问她的。”

梦梦一路几乎是用最快的速度冲回家，她的脑袋一片空白，不断地告诉自己，有莉说的全是跟妮妮不相干的事。

可能——可能妮妮的妈妈刚好休假，或是回妮妮爷爷那里——反正，就是不可能的！

她强烈地否定这个消息，迫不及待地想找出那些被她遗忘的信件证明这一切。当她火速冲进家时，连妈妈都被她的表情吓了一跳。

“梦梦，怎么了？”

梦梦没理会她，直接跑进房间。就在转身时，一不小

心把放在架子上的木盒打翻了。一片片的花瓣散落，洒了一地，很像是某种预兆，在梦梦心里升起了一股不祥之感。

她蹲了下来，细心地把花瓣拾起，触摸到各式各样的花朵，过往的记忆也跟着鲜明起来，清楚得好像是昨天刚发生的事一样……

第一次见到妮妮，她闯进他们旅行团拍照，梦梦一个人被留在饭店时，妮妮安抚她惊慌失措的心；在下着暴雨的木屋里，妮妮细心地把花瓣排着图样，拉着她的手默默祈祷——屋外的雨滴“噼里啪啦”乱响，夹杂着村民们“停雨舞”的吟诵；妮妮和她牵着手不知不觉地睡着了，她做了个甜甜的梦——；在回去饭店的船上，两人说好要相互交换礼物，希望友谊一直到永远……

刚回到家里时迫不及待想收到信的心情，每次回信时都有写不完的话；交换着年少时的浪漫情怀、对生活的点滴心情……

随着回忆浪潮不断席卷而来，梦梦的泪水也滴滴答答地落个不停。

是什么时候开始，她把这珍贵的情谊扔在一旁，不再在乎了呢？又是什么时候开始，妮妮开始远离了她的内心世界，不再是她最想倾诉心情的对象？这都要怪她——

天哪！她到底是什么样的一个朋友，竟然这样忽略了最珍贵的友谊。

床底下的一沓信是她随手扔到那里的，好几封连拆都还没拆封。这次，她像宝贝一样把那些信拿出，细心地拍掉上面的灰尘，一封封仔细地读着：

“你好吗？好久没收到你的回信，不知道你现在过得好不好……”

这些字像是一把把尖刀刺向她的心坎，控诉着她对好友的无情。

突然间，她想到妮妮中学时寄来的一张照片，连忙翻遍抽屉，幸好在一堆信件中找到了。照片中的妮妮笑得好灿烂，整个人像是大了一号，容貌跟她印象中的那个可爱的小女孩还是没什么差别。

“妮妮——”

梦梦想起了她们之间的默契，连忙把木盒里的花瓣倒出来，努力回想过去曾经摆过的图阵，然后把放在窗台上的礼物放在中间。

希望妮妮能接收到我的信息，我真的好想念、好想念你——对不起，这阵子忽略了你，我想——我会很快去跟你碰面，会尽可能地到海岛见你。

梦梦祈祷完的那个晚上，她真的梦到妮妮了。梦中的妮妮还跟过去一样，在她面前开心地跳舞，嘴里哼着歌，然后把花环套在她头上。

忽然间，花环散了开来，原本的鲜花全枯萎了，飘散在空中……转眼间，她发现自己竟然被海水包围，在浪涛中不断挣扎。四周尽是狂风暴雨，她的身子也在不断往下沉，几乎快要不能呼吸……

梦梦从梦中惊醒，发现心脏还在“咚咚”地跳个不停，那个梦真实得好像经历过一样。

这个噩梦更加深了梦梦的不安，后来她几乎翻来覆去再也睡不着了。

第二天早晨，她迅速做了个决定。

“什么？你要到大溪地去？”爸爸听了吓了一大跳，以为女儿在开玩笑。

但梦梦的眼神却十分坚定：“没错，我要把打工存下的钱拿去买机票。”

“这……”爸爸跟妈妈互望了一眼，态度也变得认真了起来。

“到底为什么，你那么坚持到大溪地？是为了跟妮妮碰面吗？”妈妈连忙问。

一听到妮妮的名字，梦梦立刻红了眼圈，泪水也止不住落下。

这下子妈妈真的有些慌了，觉得事情有蹊跷，“到底是怎么回事，是妮妮出了什么事吗？”

梦梦却不断地摇头，“我不知道——我真的不知道，我只觉得妮妮在呼唤着我，也许她希望我过去跟她见一面。”

妈妈真的被搞糊涂了，示意了爸爸一眼。梦梦的爸爸

连忙安抚女儿说："也不用这么急呀，也许等你高中毕业后——"

"也许到那时候，一切都来不及了。"梦梦接着大哭了起来，抽抽搭搭地把有莉告诉她的事情一五一十地说了出来。

妈妈听了也紧张起来，说："这怎么会？妮妮不是一直还写信给你？"

"你确定，那是妮妮亲自写的吗？"梦梦学着有莉的口吻。

这句话让妈妈感到震惊。也的确妮妮后来信里的字迹是有些不一样，但她一直以为是小朋友大了，自然字体会好看些。

爸妈都沉默下来。过了好一会儿，没想到是向来小气的妈妈先开口说："老公，我觉得应该陪梦梦去一趟。既然你要上班，那就我陪梦梦去好了。"

"啊？！"连爸爸都没想到，妈妈会做出这样的决定。

“因为再怎么说，妮妮一家人曾经是我们的救命恩人，我们有必要确定一下，顺便也可以向妮妮家人道个谢。我们不一直都没机会去谢谢人家吗？”

没想到妈妈是这么重情义的人，梦梦听了好感动，迫不及待地给了她一个大大的拥抱，连声说：“谢谢妈！”

没想到这么快就得到了爸妈的支持，梦梦觉得既感动又是开心。

在出发前，妈妈还特地准备了给妮妮一家人的礼物，包括披肩、外套，还有给妮妮的帽子，母女俩提着大包小包出发了。

一路上，梦梦的心里七上八下的，一方面有期待跟妮妮见面的雀跃；另一方面又怕有莉说的事情成真。她背包里有妮妮这两年来写给她的每一封信，还有要送她的一大罐纽扣。

虽然她明白，一次性送这么多纽扣，妮妮一定会气坏的，但妮妮一定会明白自己的心意，很开心自己千里迢迢送礼物给她。

如果见不到妮妮呢?

梦梦不敢再多想下去了，她转了个身望向窗外，不断祈祷着，希望这是一趟圆满的旅程，而不是她所担心的那样……

漫长的行程，好像怎么也到不了地球的彼端。梦梦记得以前搭机没这么久，好像一觉醒来就已经到目的地了，怎么这次时间却这么难挨。

好不容易，转机又转机，终于飞机缓缓地降落了，来到久违了的海岛。梦梦紧张得一颗心都快蹦了出来。

这原不是她的家乡，唯一有的记忆不过是短短数天，却因为妮妮的关系，让她对这块土地多了一份情感。

妮妮还在吗?她是否会像以前一样，突然冒出来吓她一大跳，然后再露出那调皮的笑容。

在走出飞机的一刻，海风迎面而来，是如此熟悉的味道。但是梦梦的心情再也不像以前，而是带着忐忑不安。

前来接机的是饭店的员工，高壮黝黑的身材，和所有

当地人一样热情的笑容。

“欧拉那（欢迎）！”

这个快遗忘的欢迎词，瞬间唤起了梦梦的记忆，包括第一次踏上这块土地时的印象——没想到转眼间，竟然已经六年过去了，她也不再是当年那个天真活泼的小女孩了，不禁让她有种物是人非的感觉。

她们坐着吉普车开往以前住过的饭店，打算停留三天。其实在这小小的岛上如果要找人的话，一天就够了，因为这里的当地人都是一个大家族的，彼此几乎都认识。因此有莉的话，在梦梦心里有点打折扣，她不相信从小在这里长大的妮妮会没有人认识她。

在路上，梦梦已经迫不及待地想打听妮妮的事了。妈妈则帮着翻译，用最简单的英文跟司机沟通。结果得到的回答是：“妮妮？我不知道这个人，因为我是从别的小岛来的，或许跟其他员工打听会比较清楚。”

既然这样，梦梦也只好耐心等待一下了。

沿途的景致跟以前没多大差别，还是一样的碧海蓝天。

只是饭店多了几家，海边戏水的人也变多了。梦梦忽然想起了以前妮妮带她去的“秘密基地”，待会有时间一定要过去看看，也许能找到什么线索——或许能幸运地碰到妮妮。

到了饭店几乎都是陌生的面孔，也或许是当地人黝黑的皮肤，让她认不出以前可能见过的员工。

到了房间东西一放下，梦梦就拉着妈妈到楼下打听消息，即使她已经很累了，也丝毫不想浪费片刻时间。

他们先是跟饭店前台人员打听，发现原来这饭店换过老板，员工也在两年前大换血，因此没有人听过妮妮的名字，也的确没有华人在这做打扫清洁的工作。

梦梦还特意在饭店绕了几圈，希望能意外地碰到妮妮的母亲，但显然是令她失望了。妮妮就像是消失了一样，在这饭店根本没人认识她。

梦梦泄气地坐在大厅的沙发上，对妈妈说：“怎么办？都没人知道他们。”

“别担心，待会我们出去找人打听一下好了——”

妈妈正说着的时候，梦梦抬头看见了在玻璃墙外整理花草的园丁，脑海里忽然闪过有莉的话。

对了，园丁！她连忙转过头对妈妈说："妈，有莉说消息是从园丁那里听来的，我们去问他。"

梦梦先一步冲了出去，用她懂得的简单英文跟园丁沟通，再加上指手画脚，可园丁的表情却是一头雾水。

后来还是妈妈过来用英文跟对方交谈，那个园丁才"喔"了一声，想起什么似的："那天那个华人小女孩碰到的是我的朋友汤恩。"

"可以带我们去找你的朋友吗？"梦梦的妈妈连忙问。

"可以，但是请等我除完草。"对方很客气地说。

于是梦梦跟妈妈坐在大厅，等了半个小时，那个员工才带着她们去找他的朋友。

这又是一段曲折的过程，汤恩说这消息其实是从介绍他来工作的园丁口中听来的。于是梦梦又去找那个园丁。但是那个园丁又说是从他朋友的朋友那里听来的，梦梦跟

妈妈又去拜访他朋友的朋友……

结果，他朋友又说是从亲戚那里听来的。绕了一大圈，梦梦跟妈妈的足迹几乎都要踩遍全岛了。这时，梦梦忽然好怀念网络的便利，至少这些人可以迅速地被找出来，不需要像现在这么奔波……

幸好，最后不知道是哪一个人的朋友的朋友，刚好认识妮妮的表哥——终于找到了一条最近的线索了。梦梦又重新燃起一线希望。

“不过，他下午出海捕鱼去了，要到明天才回来，我明天才能带你去找他。”这位当地朋友说。

梦梦跟妈妈只好抱着期待的心情，拖着疲累的身躯回到饭店等着。

第十章 永远的朋友

用过晚餐之后，妈妈一头栽在床上累得呼呼大睡起来。但梦梦却无法休息，她的脑海都是妮妮的影子。现在已经离她这么近了，她巴不得能快点见到妮妮。

既然坐也坐不住，梦梦于是打算到附近转转，顺便过去看看妮妮的“秘密基地”。也许那个地方还存在，可以找到一丝线索。

她走出饭店，凭着印象走到小山坡，希望还能看到妮妮带她去过的小木屋。这里跟以前变化不大，再加上附近多了些灯火，她一下子就认出路来。越过山坡，一片宁静的沙滩展现在眼前。这里依然少有人烟，还保留着过去的面貌，让梦梦心情轻松了许多，和妮妮过去的点点滴滴也更加清晰起来。

她试图寻找着路径往下走，因为原先的小径似乎很久

没人走动，已经长满了杂草，梦梦费了好一番工夫才来到沙滩。

她转身朝岩壁的洞口走去，没走几步，忽然发现角落里传来微弱的亮光。她记得那里就是妮妮的小屋。那会是妮妮吗？！她的心情紧张起来。

梦梦放缓脚步，一步步朝岩壁内靠近……

火光把木屋的影子照映在岩石上，形成一个巨大的黑影。走近一瞧，发现那是木屋里点燃的一根白色蜡烛照亮的，旁边并没有半个人。

原先的小棚子经过那么久的时间已经塌了一角，原本摆放在里头的物品都不见了，只剩下空荡荡的几根木棍支撑着“象征”屋顶的木板。

梦梦望向四周，空无一人，那根蜡烛已经烧了一半，看来点燃那根蜡烛的人应该已经离去。

那会是妮妮吗？原本失落的心情又再度燃起希望。她很确定的是蜡烛不会无缘无故出现在这里，一定是有人

刻意这么做的。这里是妮妮的“秘密基地”，只有妮妮会来……

她的情绪一下子又高涨起来。如果真是妮妮的话——她一定还会再来。

梦梦在那里坐了一会儿，直到蜡烛快燃尽了，还没看到有人出现。于是，她打算明天一早再过来，并且把装纽扣的罐子拿来，如果妮妮来这里，一定会知道是她的。

第二天一大早，梦梦就抱着玻璃罐来到小木屋，蜡烛已经滩成一团，火早灭了，但却看不出有任何人来过的痕迹。梦梦把玻璃罐放在蜡烛旁，底下压了一张小纸条。上头写着自己的名字跟住的饭店，衷心希望妮妮能很快到这里，发现她已经到过这里了。

回到饭店等啊等，快到中午时，园丁传话过来，表示原本要带他们去拜访的妮妮表哥又出门去了，今天可能不会回来。

原本的期待又落了空，妈妈显得很失望，但是梦梦心

里却有了别的寄托，希望妮妮今天会到小木屋去，发现她留给她的纸条。

一整天，梦梦哪里都不敢去，乖乖待在饭店里，希望能有意外的惊喜出现。

傍晚时，妈妈看梦梦整天窝在房间也不是办法，建议不如到海边散散心。但是，她哪知道梦梦的心思呢？

“就在饭店前面，不会离开太远的。如果有人要找我们，一定很容易看到我们。”

在妈妈不断地劝说下，梦梦才终于点头。

就在她们到楼下交代完前台服务员，走出大门时，她们跟一个妇女擦身而过——妈妈好像意识到什么，连忙转身喊出一声：“安娜！”

那个妇女也停住了脚步，转身面向她们，这时妈妈立刻冲向前去，连梦梦都被妈妈这突然的举动吓了一跳。

“你真的是安娜？”妈妈又重复了一遍。同时，梦梦也认出来了，跟妈妈一块惊喜地尖叫出声。

“李太太，没想到你真的来了，还有梦梦——”

梦梦看到对方同样惊讶的表情，眼中夹杂着激动的泪光。那真的是妮妮妈妈没错，她们差点就要错过她了，幸好妈妈及时认了出来。

妮妮妈妈变了许多，脸上多了些皱纹，也多了些沧桑。在她脸上似乎有种抹不去的忧伤，即使笑起来也像是心事重重，那是梦梦以前所没看过的样子。

刚开始，她还以为自己当年年纪小，跟现在的印象有差距。相对比，妈妈像是角色互换，变得十分热情，还一把抱住了妮妮妈妈。

“我好想念你呢！我女儿天天念着妮妮，好不容易这次才有机会过来。”

“是……是吗？真谢谢你……想不到你们真的来了……”

梦梦发现妮妮妈妈偷偷拭去眼角的泪水。

“说什么谢呢！该感谢的是我。”妈妈拉着妮妮妈妈的

手，独自开心地说："早几年我就应该来好好谢你们，谢谢你们救命的大恩大德呢！"

"这是应该的。"妮妮妈妈微微动了一下嘴角，转头望向梦梦，眼中充满着依恋。

"没想到，一转眼，梦梦已经这么大了，长得更漂亮、更成熟了。"

"哎呀，没啦！还不是一样老叫我头疼。"

妈妈说完，两人都笑了。

倒是梦梦不满地嘟起嘴来，心里埋怨着：都什么时候了，妈妈还在说那些干吗呢！

妮妮妈妈的目光一直停留在梦梦身上，让梦梦有些不好意思起来，甚至到后来还觉得有些浑身不自在。因为她的神情显得有些怪异，就好像——专心在看一件心爱的宝物般。

"啊，对了，妮妮呢？她没跟你一起来吗？"妈妈忽而话锋一转说。

妮妮妈妈听了，却低下头沉默了好一会儿，口气轻得不能再轻："没有……"

妈妈一时还没想太多，还问："那你是过来办事的吗？"

妮妮妈妈又摇摇头，接下来从口袋里掏出了一张纸条，正是梦梦压在罐子下的。妈妈接过来，一副莫名其妙的表情：

"奇怪，是谁通知你的？"

这时梦梦却兴奋地大声说："是妮妮，妮妮收到这张纸条了是吗？"

她开心地抓住妮妮妈妈的手，但是对方却显然没有预期中的表情，反而脸部抽动了一下，似乎极力在压抑着什么。

"我想妮妮知道你的心意了。"她轻声回答。

"心意？这是什么意思，什么心意呀！妮妮不会想快点见到我吗？"梦梦的心情变得复杂起来，搞不清楚妮妮妈

妈话里的意思。

妮妮妈妈却从包拿出了那个装纽扣的罐子递到梦梦面前，说："我想——她再也不需要这个了。"

刚开始梦梦还没反应过来，还焦急地问："怎么了？妮妮生气了吗？她是不是气我这么久没回信给她？还忘了生日交换的礼物？"

妮妮妈妈刻意避开梦梦的目光，摇了摇头。

"那她是生病了？"

对方还是摇摇头。

这下子梦梦急了，不顾礼节地用力摇着妮妮妈妈的胳臂，大声地问："到底怎么了？妮妮到底怎么了？"

妮妮妈妈转过身去，微微颤抖着肩膀，很明显在哭泣。那是一种心痛的泣声，任谁听了都会忍不住跟着落泪。

梦梦放开了抓住对方的手，呆住了半晌。她的脑子是空的，心也像被掏空了一般。

难道……有莉说的那件事是真的？梦梦的心突然间揪

紧了，接过玻璃罐子的手抖得非常厉害。那个罐子忽然变得沉重得让人握不住，一下子从她手中滑落碎了一地，引来路人好奇的目光。

但梦梦一点感觉都没有，同时，跌坐在地上号啕大哭起来。

所有的期待、所有的想象都敌不过现实，原来一路上她只是不断在骗自己，希望有莉说的都不是真的。但那个新闻报道不是空穴来风。她不过是抗拒着这事实，试图用各种理由来搪塞、来原谅自己的忽略，原谅自己的过失跟愧疚……

妈妈的反应慢了半拍，但终究很快就意识过来。她紧紧地抱住妮妮妈妈，两个人哭成一团。又有谁能比当母亲的更了解另一个母亲的心情呢?

梦梦这才如梦初醒，知道自己来得太迟了，她真的迟了，这个迟到是永远也难以弥补的遗憾。

她错过了看到妮妮跟她一起成长的模样，错过了跟她一起欣赏夕阳的美丽——更是错过珍惜她有生之年时她

们之间的真挚情谊。她对妮妮的亏欠，是一辈子都弥补不了的。

妮妮一直这么在乎着她，而她却做了什么？忘了回信、忘了跟她的约定，甚至差点忘掉这个人……她的世界忽然变得阴沉，窗外湛蓝的天空再也无法让她感到一丝的快乐。因为，她最好的朋友离她而去，她永远也无法再见到她了。

痛苦、懊恼围绕着她，她不知道该怎样挣脱这样的阴霾，更不知道要如何才能平复内心的愧疚。

她不知道自己是怎么走回房间的，只是哭了又哭，发呆了一下又哭，难以平复失去好友的伤痛。

妮妮妈妈跟她们相约第二天，前往当年她们被巨浪推到的海岛，妮妮爷爷曾经居住的地方，也是妮妮埋葬的地方。

那里还是跟以前一样，几乎所有的村民在她们来到时

围绕在一旁。但他们都贴心地跟梦梦母女保持距离，不时有人上前给予祝福，他们都知道梦梦来此的目的。

梦梦把带来的礼物跟信件，一起埋在妮妮的墓前。后面的亲人开始唱诗，不似那天下大雨的祈祷那般激烈，却是幽幽的像是吟唱着诗歌一般。声音飘向远方，梦梦激动的心情也逐渐平复下来。

这是一个痛苦的旅程，也是让梦梦受了很大教育的一段旅程。

如果不是因为她的自私跟漫不经心，或许她能再见到妮妮，也许能告诉她更多她想说的话。

过去，她总以为时间还长得很，许多事情可以等待以后再说，但是这个打击让她惊醒，许多的事不珍惜当下，以后可能机会不再了。

祭拜过妮妮后，梦梦给了妈妈一个深深的拥抱，告诉她："妈妈，我终于知道了，妮妮想告诉我的是什么了。"

妈妈像是懂得她的心情，拍拍她的背没有说话。

离去前，妮妮妈妈语重心长地对梦梦说：

“我真的以为你不会再回来了，所以一直帮妮妮回着信，希望你能谅解。”

“不，阿姨，我要感谢你。”梦梦衷心地说，“也是因为你，让我更了解妮妮这么珍惜我们之间的友谊，也让我更看清自己所犯的错误。”

妈妈听了，在一旁露出慈爱的笑容，说：“我想，妮妮的在天之灵，一定会知道你的心意的。”

接着，梦梦又回头告诉妮妮妈妈说：“阿姨，请答应我，让我继续写信给妮妮，让我当她在另一个世界永远的朋友。”

“当然，我想妮妮也会很高兴，你继续写信给她的。”她回答。

回家后，梦梦还是像以前一样写信给妮妮，在生日跟新年寄出礼物。

虽然，她知道妮妮不会再回信给她，但她相信，在遥远的地方，妮妮会懂得她想告诉她的话。

即使无法再见了，她们也依然会是永远的好朋友。